No Money Series 6

お金じゃないっ

桃色のエプロンは、正面から見るとまるで可愛らしいワンピースのようだ。
迷いを断ち切るように、綾瀬が肩紐を引っかける。

お金《かね》じゃないっ

篠《しの》崎《ざき》一《ひと》夜《よ》

ILLUSTRATION
香坂《こうさか》 透《とおる》

CONTENTS

お金じゃないっ

ペットじゃない。

ぬれたアスファルトが、街灯の光を白く反射していた。

霙《みぞれ》交じりの雨が、地上に落ちて砕ける。不規則に連続するその音に、頭の芯《しん》が痺《しび》れた。

それ以外の音は、なにもない。

静かだった。

こんな静かな夜を、男は知らない。

冷えきった両足をコンクリートへ投げ出し、男は濁《にご》った空を見上げた。

ブロックで囲われたごみ収集所には、簡単な屋根はあるものの、吹き込む雨を凌《しの》ぐことはできない。

雨粒が当たるたび、頬《ほお》が切れるほど痛んだ。

頬だけでなく、体中がすでに氷のように冷え、ちぎれそうに痛い。足先ももう何時間も前から痺れ、感覚を失い始めていた。

立ち上がることは、できるだろうか。

暗い空を見ながら、男は自《みずか》らに問いかけた。右腕が無意識に、出血する腹部を押さえる。

こんな寒さのなかでも、血が凍らずあたたかいことが皮肉だ。

空を見る視界に、時々ぼんやりと、自分が吐く息の影が見えた。鼻腔《びくう》も喉《のど》も、冷えた空気にひりひりする。

この寒さはまずいと、本気で思った。

死ぬかも、しれない。

醒めた意識が、初めてその可能性を呟《つぶや》いた。しかし感情まで麻痺《まひ》してしまったのか、恐怖は湧いてこない。

ただ客観的事実として、男は自分のすぐ傍《かたわ》らに死の影が躙《にじ》り寄っている現実を理解した。

眺める空の下には、空と同じくらい暗い道が、長く長く伸びている。

一車線しかない、細く平凡なアスファルトの道が、男には急に雨を落とす空よりも不気味なものに思えた。

どこにでもあるこんな街角にも、死は整然と、沈黙を纏《まと》って訪れる。

ゴミにまみれ、自分は一人、ここで死ぬのか。

その意味を考えようとした時、不意に雨が止《や》んだ。

暗かっただけの空を、やさしい水色の色彩が遮《さえぎ》る。

それが差し出された傘だと悟り、男は双眸《そうぼう》を見開いた。

「あの……、大丈夫ですか？」

澄んだ声音《こわね》が、凍《こご》えた耳を撫《な》でる。

自分へ傘を翳《さ》しかけた少年が、ぎこちない笑みを浮かべた。

見知らぬ、少年だ。

凍えきった暗闇に浮かぶ笑みが、鮮明に胸を焼く。それは驚きであると同時に、触れてさえいない人のぬくもりだった。

見上げる視界のなかで雨粒を浴び、小柄な少年が自分を覗《のぞ》き込む。

「怪我《けが》してるみたいだから…。もし、よければ……」

静寂《しじま》から逃れた世界で、穏やかな声はそっと男を包んだ。


重い。

口元を塞ぐあたたかなものに、狩納北《かのうそむく》は低く呻《うめ》いた。

毛布《ブランケット》が、重すぎる。

無意識に腕を伸ばし、狩納は顔を覆《おお》う毛布を剥《は》ごうとした。

ぎにゃゃぁぁ、と、摑《つか》み取った毛布が耳慣れない音を上げる。

「うわっ」

低く呻いた自分の声に驚き、眼が覚めた。

鋭角的に整った男の容貌のなかで、一際《ひときわ》強い輝きを放つ双眸が、瞬時にして見開かれる。狩納の顔から引き剝がされた毛布が男を睨《にら》みつけ、もう一度、みゃぁっ、と恨《うら》みがましい声を上げた。

毛布ではない。

黒い、猫だ。

首根っこを摑まれた仔猫《こねこ》が、狩納の顔面めがけ、生意気にも細い前脚を振り上げた。

「またお前か…」

思わず唸《うな》り、うんざりと奥歯を嚙《か》む。

不快さを露《あらわ》にする狩納とは裏腹に、寝室に射し込む陽射しは透明だった。

頑健な狩納の体軀《たいく》に見合うマンションは、ここが新宿《しんじゅく》の中心街であることを忘れさせるほどに広い。

まるで生活の匂いがない室内は、全てが男のためだけに存在した。

ただ一つの例外は、この黒い猫だけだ。

「…ちくしょう。あんな夢、見させやがって」

低く吐き捨てた喉の奥には、つい先程まで男を包んでいた、古い夢の残像《ざんぞう》がこびりついている。

汚れた街角で、冷たい雨に凍えた夜の出来事は、男にとって最も屈辱《くつじょく》的な記憶の一つだ。

二十代半ばをすぎたばかりの若さながら、金融業《きんゆう》を営《いとな》む男にとって、死を意識した瞬間は少なからずある。

しかしあの夜の自分には、迫り来る死に抗《あらが》おうという気持ちさえ残っていなかった。死の気配をありありと感じながらも、焦《あせ》ることも、恐怖することもなく、ただ諾々《だくだく》と、そこにある長い道に眼を向けるしかできなかった自分を、今ならば決して許しはしない。

最近では滅多《めった》に思い出さない脇腹の痛みまで蘇《よみがえ》りそうで、狩納は嫌《いや》がる猫の前脚を左右の腕で摑んだ。

「今度俺の布団《ふとん》に上がったら、マジで三味線《しゃみせん》にしてやる。忘れんな」

宙吊りにされ、不満気な眼をした猫は、果敢《かかん》にも狩納の手首めがけ、後ろ脚を蹴り出した。

「つーか、今すぐ三味線になるか？」

唸りを上げる猫を、壁へ投げつけようとした狩納が、動きを止める。

「あ！　やっぱりニゴ、ここにいたんですね」

やわらかな声が、笑みを帯びて響いた。

ぎくりとした狩納の視線が、猫を摑んだまま戸口を見る。

「おはようございます」

狩納と視線を合わせ、琥珀《こはく》色の瞳が微笑《ほほえ》んだ。

あの雨の夜、自分を包んだものと同じ穏やかな視線が、狩納へ向けられる。

「綾瀬《あやせ》…」

猫を摑んでいた自らに気づき、狩納は内心舌打ちをして指を解いた。寝台の上に落ちた猫が綾瀬に向け、にゃぁあ、と甘えた声を上げる。

「ニゴは本当に、狩納さんが好きですよね。命の恩人だって、解ってるんでしょうか」

屈託《くったく》のない笑みを浮かべ、綾瀬雪弥《ゆきや》が黒い猫を抱き上げる。

大学一年生という年齢の割に、綾瀬の表情は幼く、やわらかい。猫に鼻先を擦り寄せる綾瀬を、狩納は立ち上がることも忘れ見上げた。

共に生活を始め、そろそろ二カ月以上が経とうというのに、まだ不意に、綾瀬の存在に慣れきれないことがある。

こんな、満ち足りた笑みがこぼれる瞬間などは、特にそうだ。

あの綾瀬が、自分の傍らで笑っている。

改めて考えると、その現実の重さに、床から足が浮き上がりそうだった。

誰かの笑み一つで、幸せを感じられるなど、以前の狩納には考えられなかったことだ。しかしこうして明るく笑ってくれる一因が、その腕に抱く猫に因《よ》るものかと思うと、正直面白くはない。

同時に、猫を与えてやれたのは自分なのだという、満足感もある。実際猫と暮し始てからの四日間、綾瀬は驚くほど、よく笑うようになった。

狩納の胸中《きょうちゅう》になど気づかない様子で、綾瀬が甘える猫へ額《ひたい》を寄せる。

その横顔は、すぐには男性と断じるには困難なほどやさしげだ。

少女めいているというより、本当に男なのかと疑いたくなる。首筋の白さや手足のしなやかさが、いつでも狩納を驚かせた。

「…ここに来てから、毎日ですよね。狩納さん、起こしに来るの」

花弁を思わせる薄い唇が、嬉《うれ》しそうに微笑む。その唇が、抱いた猫の額へ、今にも口吻《くちづ》けを落としペットじゃない。


そうで、狩納はぎょっとした。

「……っ」

やめろ、と、怒声が喉まで迫《せ》り上がる。

それを懸命《けんめい》に呑み込んだのは、偏《ひとえ》に意地からだ。

狩納は猫になど、興味はない。

それをこの部屋に置いている理由は、ただ一つ。綾瀬を喜ばせてやりたい、それだけだ。同時に、綾瀬の我《わ》が儘《まま》を許す寛大な男だと示したいためだけに、狩納は猫を飼うことを許した。

「よかったね、ニゴ。狩納さんもニゴのこと、大好きだもんね」

「そ……」

そんなばかなことがあるか。

言葉を呑《の》み込んだ狩納を、綾瀬が不思議そうに見上げる。

「ニゴ、もの覚えが早いし、本当にいい猫ですよね。可愛《かわい》いし。ね、狩納さん」

顔が見えるよう、誇らしげに猫を差し出され、狩納は言葉に詰まった。

「う…」

ぎょろりとした金色の目が、憮然《ぶぜん》として狩納を見下ろす。今にも狩納に狙いを定め、前脚を繰り出そうという姿勢だ。

綾瀬が抱く猫は、推定・生後六カ月。

洋猫《ようびょう》のように黒い毛が長く、喉と胸元だけに真っ白な毛が生えている。しかし今は毛繕《けづくろ》いが上手くできないせいか、惨《みじ》めな毛玉のようだ。そのなかで、金色の目玉がぎょろりと輝く様は、世辞《せじ》にも愛らしいとは言いがたい。

「そう…だな」

自分はなにを、口走っているのだ。

しかも引きつりそうな笑みまで浮かべて。

いかに綾瀬を喜ばせるためとはいえ、これはやりすぎではないか。

込み上げそうになる自己嫌悪《けんお》を、狩納は嚙み殺した。

「でしょう？　あ、もうモーターが回り始めた」

綾瀬が言う通り、猫は狩納の眼の前で、振動音のような喉声を上げている。ごろごろと喉を鳴らすというより、小型のモーターが回転しているように思えなくもない。

つくづく図々しい生きものだ。

綾瀬の腕で喉を鳴らす黒い塊《かたまり》を睨《にら》みつけ、狩納は寝台を下りた。

「…今日は昼に出かけるぞ。覚えておけ」

命じるように言葉を投げ、猫を抱えたままの肩を引き寄せる。唐突《とうとつ》に近づいた狩納に、抱いた肩がわずかにふるえた。

「…あ……」

猫に向けられていた笑みが、動揺に陰る。

あたたかな陽射しが、薄い雲の向こうに掻き消されるようなその変化に、狩納は舌打ちを響かせそうになった。

怒っては駄目だと、自制する声が湧く。仕方の、ないことだ。

綾瀬をこの部屋に住まわせるに至った経緯《いきさつ》を考えれば、彼の怯《おび》えを責められない。猫を手元に置く以前の綾瀬は、いつでも今と同じ、寂しげで所在のなさそうな陰りを纏っていた。

非合法の賭場《とば》で開かれた競売《きょうばい》で、自分は大学生である綾瀬を落札《らくさつ》したのだ。

それ以来今日まで、狩納は外出の自由さえ禁じ、綾瀬を束縛し続けている。

綾瀬を、苦しめたかったわけではない。

骨まで凍えそうなあの夜、自分を救ってくれた唯一《ゆいいつ》の存在へ、今度は自分が同じ腕を、差し伸べたかったのだ。

しかし今となっては、全てが言い訳でしかない。結果として狩納は、莫大な借金を負わせることで少年を縛り、その肉体までをも支配した。

「嫌か？」

決して否定の言葉など許さないくせに、低い声音で尋《たず》ねてやる。

案《あん》の定《じょう》綾瀬は、自分の立場を思い出して、慌《あわ》てたように首を横に振った。

「わ、解りました…」

ペットじゃない。

逆らうことなく頷《うなず》いた綾瀬の腕を、掌《てのひら》で包み取る。

易々《やすやす》と収まってしまう手首の細さに、このまま捻《ひね》り潰《つぶ》してしまいたいような誘惑と、大切にあたためてやりたい衝動とが胸を掠《かす》めた。

「いい子だ。そうやって、素直にしてろ」

そうすれば、猫くらい手元に置いてやる。

皮肉な気持ちで笑みを作り、痩《や》せた背中を引き寄せた。

「狩…」

細い声が、唇からこぼれる。

早くに両親を亡くし、手放しで甘えられる存在が希薄《きはく》だったせいか、綾瀬は哀れなほど自分というものを主張しない。それを不憫《ふびん》だと感じながらも、同時に追い詰めてもみたくなる自らの衝動に、いつでも苦い苛立《いらだ》ちが湧く。

「待……」

何事かを口にしようとした唇を、狩納は当然のように口で塞《ふさ》ぎ取った。

「…っ」

強張《こわば》った体を、抱き締める。

腕に馴染《なじ》んだ、しかしこの数日、満足ゆくまで味わえなかった感触だ。同じように、自分のものでありながら、望む通り得られずにいた唇へ舌を伸ばす。

自分より、ほんの少し体温が低い唇は、決して口紅《くちべに》の味がしない。そんな些細《ささい》なことからも、今自分が抱く体が同性のものなのだと、再確認させられる。

だがそれが不快なものでないことが、我《われ》ながら恐ろしくもあった。

「……ぁ…」

何度も薄い唇へ舌を這《は》わせると、狼狽《ろうばい》した喉声が上がる。

そんな声さえ、随分《ずいぶん》長く聞いていなかったような気がした。

「お前は喉、鳴らせねえのかよ」

猫みてぇに。

冗談を交ぜ、薄い背中をさする。

「お前相手なら、どこだって撫でてやるぜ？」

「狩…、なにを言って…」

慌てて胸板を押し返そうとする綾瀬の脇腹を、男は掌で包むように辿《たど》った。

「…っ」

シャツの上から触れても、綾瀬の胸は薄く頼りない。

「狩……」

ふるえた声の響きに気をよくし、もう一度薄い唇を塞ごうとした狩納が、眼を見開く。

「うわっ……！」

思わず声を上げ、狩納は自分の背中へと突進してきた黒い塊を振り返った。痛みを覚えるほど強くぶつかった黒い毛玉が、みにゃぁぁぁっ、と甲高《かんだか》い声を上げる。

「ニゴ！」

ぎょっとして狩納の腕を振り払い、綾瀬が男の背中へ張りついた猫を引き剝がした。猫はぎこちないながらも、生意気な唸りを上げ狩納の背中へ爪を立てようとする。

「こいつ……」

また、お前か。

ここ数日、綾瀬に触れようとするたび、邪魔《じゃま》に入る黒い塊を狩納は睨み下ろした。衝動的に猫を蹴ろうとした狩納の腕で、綾瀬が高い声を上げる。

「そうだ！　薬の時間っ」

時計を振り返り、綾瀬が蒼白《そうはく》になった。

「こら待てっ。綾瀬！」

猫を抱くよう押しつけられ、狩納が怒鳴る。しかしすでに、薬を与えること以外頭にない綾瀬は、廊下《ろうか》へと駆け出していた。

「ごめんなさい！　薬を取ってすぐ戻ります！」

廊下の向こうから響く声に、狩納が頑丈《がんじょう》な肩を落とす。

「…あいつ…」

低い唸りと共に、狩納は腕のなかで瞳孔《どうこう》を開いた猫を見下ろした。猫は金色の瞳を不遜《ふそん》に瞬《まばた》かせ、またしても狩納を牽制《けんせい》するように前脚を高く持ち上げている。

綾瀬を抱いていた腕の感触が、怒りと共に皮膚を焼いた。またしても邪魔をされた憤《いきどお》りに、今すぐこの黒い塊を投げ捨ててやりたくなる。

全くどうして、こんなことになったのか。

思い返すたび、苛立ちと溜《た》め息《いき》のつきない夜は、今から四日前、唐突に狩納と綾瀬を襲ったのだった。


ペットじゃない。


「どこか集金に寄るのか？」

通話を終えた受話器を下ろし、狩納は部下を振り返った。

金融業者が勧誘や催促《さいそく》を行える時間は、午後九時までと定められている。しかし深夜近くになっても、社内にはまだ電気が灯っていた。

コピー機の前に立つ久芳誉《くばほまれ》の表情に、疲労の影はない。

もし立っていられないほど疲れていたとしても、この男は眉一つ歪めないだろう。そう思えるほど、久芳は平素から表情の変化に乏《とぼ》しい男だ。

機械のように正確な動きで書類を拾い上げ、久芳が狩納へ向き直った。

「この地図の確認が終われば、そのまま帰ります。明日は脇田《わきた》の集金に出る予定ですが」

写し終えた地図をファイルに挟み、久芳が淀みなく応える。取り出した煙草《たばこ》に火を入れて頷き、狩納は事務所を見回した。

整頓《せいとん》された事務机と、清潔な書類棚に囲まれた事務所は、人気《ひとけ》がないせいか昼間よりも広く見える。木製のカウンターを隔《へだ》て、接客用のソファが整然と、明日の営業を待っていた。

観葉植物で飾られた事務所には、饐《す》えたような街の匂いは染《し》みてこない。狩納はなにより、それを気に入っていた。

「脇田か。あいつはもう、余所《よそ》の会社じゃ金は借りられねえ。下手な奴らに引っかからねえよう、ちゃんと管理……」

狩納の言葉を、事務所の扉《とびら》を叩く音が遮る。乱暴なその音に、二人が戸口を振り返った。

「綾瀬…！」

覗き窓の向こうに、華奢《きゃしゃ》な影が映る。ちいさな拳《こぶし》が、繰り返し助けを求めるように扉を叩き続けた。

尋常《じんじょう》な、事態ではない。

瞬時にそう判断し、二人の男が弾かれたように戸口へ走った。

「どうした？　綾瀬」

素早く綾瀬の体を室内へ引き込み、狩納が廊下を窺《うかが》う。

狩納は仕事柄、決して敵が少なくない。自分自身が狙われるのはともかく、身近に置く綾瀬に被害が及ぶことを、狩納はなにより畏《おそ》れていた。

「ど、どうしよう…っ」

上擦《うわず》った声が、青褪《あおざ》めた綾瀬の唇から迸《ほとばし》る。大きく見開かれた瞳が、混乱と恐怖に揺れていた。

「狩納さん、ど、どうすれば…」

歯の根が嚙み合わないほど取り乱す綾瀬を覗き込み、狩納はぎょっとした。

細い綾瀬の腕が、しっかりと黒い塊を抱えている。

「猫が……」

ふるえる声に教えられ、狩納はようやく事態を把握《はあく》した。

綾瀬が抱いているのは、黒い猫だ。まだ比較的、ちいさい。

ぼろ雑巾《ぞうきん》のように汚れ、体を硬直させているが、荒い呼吸音から、辛《かろ》うじて生きているのだと判る。

だがそれはあくまでも、辛うじて、だ。

鼻をぬらし、口元を汚しているのは、明らかに血だった。

車に、撥《は》ねられたのだろう。

見開かれた金色の目の縁《ふち》にも、真っ赤な血が溜まっている。蛍光灯の光を弾き、ぞっとするほど鮮明に輝く血の色に、狩納は舌打ちをしたい衝動を堪《こら》えた。

これは確実に、頭を打っている。

ペットじゃない。

面倒が起きたことを、狩納は直観で悟った。

「タオルを取ってきます」

状況を見て取り、久芳が給湯室《きゅうとう》へと急ぐ。

「すぐ下の道路に、お、落ちてたんです…。俺、事務所になにか食べるもの届けようと思って、二階の通路から道路《した》を見たら、そこに……」

しっかりと猫を抱えたまま、綾瀬がふるえる唇を開いた。

「ほ、本当に偶然だったんです。でも、この猫、きっと染矢《そめや》さんの店の近くにいた黒猫だと………」

数日前、染矢薫子《かおるこ》の店の側《そば》に愛想《あいそう》のいい猫がいたと、綾瀬は嬉しそうに聞かせてくれたのではなかったか。

そうだとすれば、事態は更にまずい。

思わず眉間《みけん》を歪め、狩納は久芳が準備したタオルを広げた。

「取《と》り敢《あ》えず、こっちによこせ。血がつくぞ」

猫を放そうとしない綾瀬の手首を摑み、狩納が息を詰める。

骨ばかりが目立つ綾瀬の手首は、驚くほど冷えきっていた。手首だけでなく、猫の血で汚れた指先も、全てが蒼白になって凍えている。

ぎくりとした狩納の腕を拒《こば》み、綾瀬は猫を動かすことを避けるよう、黒い塊を抱き続けた。

「し……死んでると、思ったんです。これ以上轢《ひ》かれないようにって、持ち上げたら、まだ、あ、あ

ペットじゃない。


たたかくって……」

喋《しゃべ》っていなくては、自分が保《たも》てないのだろうか。詰まりながらも、綾瀬が口を開く。

死、という言葉を、綾瀬は凍えた瞳で絞り出した。

それは綾瀬が、最も畏れる言葉だ。

しかし綾瀬が言う通り、抱かれた猫が遅からずその運命を辿ることは必至と見える。

「病院を、探しますか…？」

狩納の反応を探るように、久芳が控え目に申し出た。

久芳は、狩納が動物の生死になど、関心のない人間であることは充分承知している。しかしその言葉を口にせざるを得なかったのは、それだけ綾瀬の様子が尋常でなかったからだ。

「病院…？」

猫を抱えたまま、綾瀬がはっとしたように瞳を見開く。

そんな選択肢が存在したことに、たった今気づいたとでもいう表情だ。茫然《ぼうぜん》と凍えていた瞳に、俄《にわか》に強い光が灯るのを、狩納は諦《あきら》めと共に見下ろした。

それは希望という、制御の利かない輝きだ。

自分の欲求を押し殺すことに慣れた綾瀬には、極めて珍しい。

綾瀬にとって死という闇が、いかに暗く深い存在であるか、垣間《かいま》見た心地がする。苦《にが》い溜め息を絞り、狩納は久芳に顎をしゃくった。

「もう十二時すぎか。急患《きゅうかん》を扱ってそうな病院を探せ」

病院へ行くことを許す狩納の言葉に、綾瀬がほっと瞳をゆるめる。弾かれたように、久芳が机《デスク》の上の電話帳に飛びついた。

「た、助からないかもしれないけど…」

猫の顔を掌で包みながら、綾瀬が頼りない声で呟く。自分自身へ覚悟を呼びかけるような言葉に、狩納は舌打ちをすると自室へ急いだ。狩納にとってみれば、猫が死ぬことになどなんの痛痒《つうよう》もない。

だが綾瀬は、そうはいかないのだ。

少年が受ける衝撃の大きさを思うと、こんな場所で事故にあった猫さえ恨《うら》めしい。

猫は鳴き声にならない声を上げ、血でぬれた眼球を見開き続けている。混乱しているのか、極端に怯えた様子の猫を、綾瀬は血で汚れるのも構わず撫で続けていた。

「綾瀬」

肩を包んだ男を、琥珀色の瞳がびっくりとして見上げる。縋るような瞳の色は、まるで綾瀬自身が猫と同じ痛みを感じているのではと錯覚させた。

「あ、あんなところで、独りで、し…死ぬのはかわいそうだから……。独りでなんて…」

綾瀬の脳裏《のうり》には、静まり返った夜の大気と、どこまでも伸びる冷たいアスファルトが蘇っているのかもしれない。

かつて狩納もまた、その果てがないと思えたアスファルトの向こうに、絶対的な死の影を見た。

あの静寂に取り残され、ただ独り死を迎える孤独。

一人で死なせるのはかわいそうだと、そう言った少年の言葉に、忘れかけていた底冷えが、踝《くるぶし》を脅《おびや》かした。霙交じりの雨が降り続けた夜、自分に絶望をもたらしたのは、寒さと死の影だけだったろうか。

違う。

そこには綾瀬が口にしたように、一人きり世界の全てから取り残される恐怖があったはずだ。

過去の自分と同じ静寂《しじま》に堕ちた猫は、金色の目に血の涙を浮かべ、綾瀬を見たのかもしれない。

胸が悪くなる想像に、癒《い》えたはずの脇腹の傷が疼《うず》いた。

「社長。ありました。すぐに連れて来て欲しいとのことです」

受話器を置いた久芳が、車の鍵《キー》へ腕を伸ばす。

「俺が出る。場所はどこだ」

すでに上着と車の鍵を手にしていた狩納を、綾瀬が驚いた瞳で見上げた。狩納が仕事を切り上げ、自分につき合うなど、あり得ないと考えていたのだろう。

構わず、狩納は久芳がよこした電話帳の切り抜きを手に、綾瀬を促し廊下へ急いだ。

「よくそんな猫が助かったわねえ」

　社長室のソファにゆったりとかけ、染矢薫子が呟いた。

　窓から射し込む真昼の陽光が、染矢の黒髪を艶《つや》やかに照らす。紅葉《もみじ》を描いた深い緋《ひ》色の友禅《ゆうぜん》が、大輪の花を思わせる染矢の美貌を飾った。

　しかしながら狩納にとって、この幼馴染みの美貌ほど、賞賛に値《あたい》しないものはない。何故なら染矢は、男なのだ。

　いかにうつくしかろうと、狩納は女装癖《じょそうへき》のある男など、気色悪いとしか思えない。事務所への染矢の出入りを許しているのは、偏に彼が返済能力の高い顧客《こきゃく》だからだ。

「それにこの猫グッズ。旦那《だんな》のためにこんなものを買ってくる日が来るなんて思わなかったわァ」

　テーブルの上に並べられた猫用の爪切りやシャンプー、缶詰などを眺め回し、染矢が紅を引いた唇を吊り上げる。

「俺のためじゃねえ。綾瀬のためだ」

　煩《わずら》わしそうに応えた狩納に、染矢が長い指で猫じゃらしをつまんだ。

「違うでしょ。綾ちゃんの機嫌を取るため、でしょ？　結局は、旦那の点数稼《かせ》ぎじゃない」

　皮肉な口調で断言し、染矢がびしびしと猫じゃらしを振る。

　点数稼ぎとは古風な言い回しだが、言い得て妙《みょう》だった。あんなに幼く、力ない少年の気を惹くためになら、猫さえも飼おうというのだ。しかも猫が退院して以来この五日、狩納が毎朝猫に起こされていると知ったら、染矢はどんな顔をするだろうか。

起こされているだけではない。今朝《けさ》などは出勤する際、猫を抱いた綾瀬が、その前脚を振って送り出してくれたのだ。思わず笑みを作り手を振り返してしまった自分を思い出し、信じがたい自己嫌悪に狩納は呻き声を上げそうになった。

染矢には、絶対に知られるわけにはいかない。一生笑い者にされること、間違いなしだ。

「ニゴちゃんだっけ？　電話で綾ちゃん喜んでたわよ。狩納さんが随分猫を可愛がってるって。頑張ってんのねぇ」

笑い続ける染矢に、狩納は舌打ちの音を聞かせた。

染矢は動物は嫌いではないが、生活を共にすることは面倒がる男だ。猫にも特別な興味などない。それが自分の買いものを、いやに快《こころよ》く引き受けたと思ったら、猫に振り回される狩納を見学するという、下心があったのだ。

「ニゴじゃねえ。あいつの名前は二十五万円っていうんだ」

薄い唇を不愉快そうに歪め、狩納が手にしていた資料を机に投げる。

「二十五万円だからニゴちゃん？　いかにも旦那のつけそうな名前ね。どんな血統書つきだったの。その子」

確かに綾瀬ならば、猫に二十五万円などと名づけはしないだろう。事実その名は、綾瀬に大変不評だった。

ペットじゃない。

「純然たる雑種だ。原価は零《ゼロ》」

「…ああ。もしかして、入院費？　随分するのねえ。保険が利かないとは聞くけど…」

勘のよい染矢を横目で見遣《みや》り、煙草を取り出す。

染矢が言う通り、二十五万円というのは、急患で運ばれた初日に続き、三日間の入院を経《へ》て必要となった、猫の治療費のことだ。

名前など必要ないと思ったが、狩納は病院で書かされた書類の名前欄に、二十五万円と記入した。しかしながら、綾瀬のみならず猫もその名が気に入らないのか、名を呼んでも一向《いっこう》に反応を見せない。

「飼い猫だったら、飼い主から手数料つけて回収してやる」

ニゴという名前に反応しないのは、それ以前に別の名があるためかもしれない。排泄《はいせつ》の場所をすぐに覚えた点も、狩納にその疑いを抱かせる一因だった。

「二十五万で買えた命が、安いか高額《たか》いか…」

独り言のように呟いた染矢が、皮肉っぽい笑みを作る。

「貧乏人から先に死ぬのは、人間でも畜生でも、同じだってことだ」

狩納の舌打ちに、染矢の笑みが仕方なさそうな苦笑に変わった。

「そんなこと言ってると、猫に綾ちゃん、盗《と》られちゃうわよ。うちのお店の女の子も、みんな飼うと猫ほど可愛いものはいないって言うし…」

唇を吊り上げ、猫じゃらしを振った染矢の声に、扉を合図《ノック》する音が重なる。

「社長。ケージが到着しました」

開かれた扉の向こうから、久芳が一礼した。

「ケージ？　まさか社長室《ここ》に置くための？　綾ちゃんのバイト中にも目が届くように？」

猫じゃらしを手に、染矢が形のよい瞳を瞠《みは》る。

驚きの声を向けられるまでもなく、狩納もまた不本意ではあった。

数週間前から、狩納は綾瀬を自らが経営する事務所で、アルバイトとして雇《やと》っている。アルバイトを許したのも、好きでもない猫に触るのも、全ては綾瀬のためだと思うと、自分の入れ込みようがばかばかしくなった。

「そういえば、今日は綾ちゃん事務所にいないわね。帰りに顔見ていこうかしら」

「駄目だ。これから俺と昼を食いに出かける」

声を弾ませた染矢を、狩納がにやりと笑って退《しりぞ》けた。

この一週間で充分、自分は綾瀬を甘やかしてやったのだ。そろそろ猫を残して出かけても、不安がりはしないだろう。

むしろ綾瀬に対しても猫に対しても、寛大な自分は感謝されていいはずだ。猫に邪魔されず、細い体が抱けるかと思うと、愚《おろ》かな充実感が胸を満たした。

「なんだ。つまんない。ねえ、久芳くんは猫、平気なの？」

気紛《きまぐ》れな染矢の呼びかけに、ケージを運び入れた久芳が顔を上げた。

唐突な呼びかけにさえ、久芳は驚いた様子もなく、いつもと同じ無感動な双眸を染矢に向けた。

「……綾瀬さんが、拾われた猫ですから」

どうとでも取れる久芳の返答に、染矢が細い眉を吊り上げる。

「それはそうなんだけど。綾ちゃん、最初、猫は死んでると思ったんでしょ？　あたしだったら絶対道で死んでる動物になんて触れないわ。見ず知らずなら、尚更《なおさら》よ」

染矢のみならず、大抵《たいてい》の人間がそうであるはずだ。素直な告白に、久芳がほんのわずかに視線を伏せた。

「…全く知らない猫ではなかったそうです。以前、染矢さんの店の側で、見かけたことがあったと仰《おっしゃ》っていました」

「あら、本当？　じゃああたしも会ったことあるかしら。猫になんか興味ないから、気にしたことなかったけど」

「私でしたら…」

染矢の言葉を遮る形で、不意に久芳が切り出す。必要以外には、口を開こうとしない久芳には、珍しいことだった。

「やはり私も顔見知りだからと言って、死んだ猫に触ろうとは思いません」

感情の起伏《きふく》が少ない久芳の声音からは、どんな悪意も読み取れない。機械的に動く唇が、溜め息のように、一つ息を吐く。

「綾瀬さんだからこそ……おできになったことだと思います」

表情を変えることなく、久芳の唇が淡々と告げた。特別、語調を強くするわけでもない。しかし狩納の耳ははっきりと、久芳の声に滲《にじ》む誇らしさを拾い上げていた。

「……久芳君ってば。ごちそうさま」

肩を竦めるように笑った染矢が、少しだけ唇の端を吊り上げる。

狩納もまた、にやり、と、唇を歪ませた。

「やっぱり犬は、楽でいいな」

低く笑い、満足気に煙を吐き出す。

犬は猫と違い、集団内部で明確な順位づけを行う。久芳は自分にとって、誰が上位の雄《おす》なのかを弁《わきま》えているのだ。

だからこそ、狩納が手元に置く綾瀬にも、同等の敬意を払う。

否《いな》。どんな場面においても、綾瀬が狩納の所有物であることを、忘れないよう自制を言い聞かせるのだ。

「旦那が言う犬は、愛玩動物《ペット》じゃなくて下僕《げぼく》でしょ。下僕には言うこと聞かせられても、ペットには言うこと聞いてもらえないくせに」

「どういう意味だ?」

不機嫌に眉をひそめた狩納に、猫じゃらしを手にした染矢が、人の悪い笑みをもらす。

「だから、ペットには懐《なつ》いてもらってないってことよ」

飼ってるでしょ。可愛いのを。

悪戯《いたずら》な目で狩納を見たまま、染矢がにやり、と唇を吊り上げた。部屋を退出しようとしていた久芳が、ぎょっとした表情で振り返る。

「……綾瀬のことを言いてぇのか」

「一匹で飼われてる寂しがりやの猫って、もう一匹仔猫もらってくると、人間より猫と上手くいっちゃうらしいわよ。気をつけないと旦那。そうじゃなくても綾ちゃん、弱いものはほっとけないっていうか…」

「綾瀬はペットじゃねえんだよっ」

叫び、狩納は手近にあった灰皿を掴み上げた。

きゃぁっ、と悲鳴を上げ、染矢が猫じゃらしを放り出して戸口へと逃げる。

躊躇《ちゅうちょ》せず、狩納は染矢めがけ、クリスタルの灰皿を投げつけた。ごつりと鈍《にぶ》い音を立て、重い灰皿が木製の扉にぶち当たる。

確かに自分は一億円を超える大金を投じ、綾瀬をこのマンションへ連れ帰った。だが結果はどうであれ、綾瀬をペットとして扱いたいわけではない。

その上、懐かれていないなどと、今更染矢に念押しされる謂《いわ》れなどないのだ。

「なによぅ。せっかく忠告してあげたのに」


ペットじゃない。

派手に抉《えぐ》れた扉の傷を怖がってみせ、染矢は社長室から退散した。

「塩をまいておけ！」

吐き捨てた狩納に、灰皿を拾い上げた久芳が、黙ったまま一礼する。

やはり、猫など好かない。

飼うなら俄然《がぜん》、犬の方が楽なのだ。


きちんと締めていたネクタイの結び目を、指先でゆるめる。

マンションの扉を開きながら、狩納は手に提《さ》げた紙袋を見下ろした。色鮮やかな猫用の玩具《がんぐ》が、いっぱいに詰め込まれている。

「……染矢の野郎、好き勝手言いやがって」

事務所での遣り取りを蘇らせ、狩納は不愉快さに眉根を寄せた。

確かに平素から、狩納は綾瀬が手放しで甘えてくれないことを、不満に思っている。それを少しでも懐柔《かいじゅう》したくて、猫を与えたのも事実だ。

結局は染矢が言う通り、猫用の玩具もなにもかも、綾瀬の気を惹きたいと願う、狩納のための買いものだったということか。

舌打ちの音をもらし、狩納は節《ふし》の高い指で前髪を掻き上げた。

取り敢えずは猫のことなど忘れ、綾瀬と気晴らしをするのが先決だろう。

自分はもう、十分すぎるほど待った。細い体を思いきり抱き締めたくて、指先が疼く。飢《う》えた自分がおかしくもあり、また腹立たしくもあった。

そんな自分の欲求を別にしても、綾瀬自身にも猫のいない時間は必要なはずだ。綾瀬は決して言葉にはしないが、猫の看護《かんご》に疲れていないわけはない。

「狩納さんっ」

ようやく得られる休息を思い描いた狩納の耳へ、切迫《せっぱく》した声音が飛び込む。ぱたぱたとスリッパを鳴らし、小柄な体が寝室から飛び出してきた。

「おう。用意、できたか？」

機嫌のよい声で尋ね、手にしていた包みを玄関先へ置く。

「大変です。ニゴが…」

綾瀬の口から出た名に、狩納は眉間に浅い皺を刻んだ。

今日はもう、猫の名前など聞きたくはない。

煩わしげに、狩納は綾瀬の肩を引き寄せようとした。

「解った。帰ってきたらどうにかしてやる」

一刻も早く、マンションから出るべきだ。用件さえ聞かず、適当な返事を返した狩納を、大粒の瞳が見上げる。

「待って下さい。ニゴ、風邪《かぜ》引いてるみたいなんですっ」

よほど動転しているのか、ふるえている綾瀬の声音に、狩納は眉間の皺を深くした。

「風邪…？」

「さ、さっき、は、洟《はな》を出してたんです」

一息に吐き出し、綾瀬が大きく肩で息を吸う。

「洟っていうか、は、洟提灯《ちょうちん》だったんですけど…っ。あ、小豆大《あずき》はあって……っ」

蒼白になる綾瀬を、狩納は眉を吊り上げ見下ろした。

「洟提灯だぁ？」

「そうなんですっ。考えてみれば、昨夜《ゆうべ》も何度か、くしゃみしてたみたいだし…」

狩納の驚きの意味を、誤解したのだろう。心配そうに続けた綾瀬に、狩納は露骨な渋面《じゅうめん》を作った。

「心配なら毛布を寝床《ねどこ》に入れて、出かければいい」

苛立ちそうになる声を、どうにか諫《いさ》める。

猫が洟提灯を出しただなど、狩納には本当にどうでもよいことだ。この五日間、綾瀬の口からはそんな話題しか出てこない。これ以上ここにいては、確実に二人きりの時間を奪われる。もう狩納に、待つ気はなかった。

「お、俺……」

手首を摑み、一刻も早く部屋を出ようとする狩納を、綾瀬が見上げる。痛みを訴える瞳と同様、摑んだ手首は頼りなく冷えていた。

「…俺、ニゴの様子、看《み》ていますす」

呻くように、綾瀬の唇が動く。

耳に届いた言葉を信じられず、狩納はちいさな唇をまじまじと見下ろした。

「……なに言ってんだ。お前…」

辛うじて絞り出した声からは、驚きのあまり抑揚《よくよう》が失せている。

「いい加減にしておけっ。猫なんか少しくらい放っておいても、死にはしねえだろう」

苛立ちを隠そうとしない狩納に、綾瀬の瞳がさっと曇った。

しまったと思った時には、すでに遅い。

死という言葉が、綾瀬の心へ染みる瞬間を、狩納は自らの失言を悟りながら見下ろした。

「……でも…、俺……」

なにかを激しく主張することに慣れていない唇が、強張りながら言葉を探す。綾瀬が容易に引き下がるつもりがないことを察し、狩納は奥歯を嚙みしめた。

「心配…なんです。お願いします。ま、万が一、明日もニゴの具合が悪いようだったら、病院に……」

淡い色をした舌が、意を決したように、唇をしめらせる。

滅多にない綾瀬からのねだりごとに、狩納は言葉もなく眼を剝いた。


ペットじゃない。

「お前本気で言ってんのか？」

喉の奥から絞った声が、低く掠れる。

「たかが猫だろうっ」

思わず吐き捨てた言葉が、嫌な苦さと共に肺腑《はいふ》を焼いた。

この数日間、幾度となく嚙みしめてきた苦さだ。

狩納は宝石《いし》や服を買ってやるのと同じ造作なさで、綾瀬に猫を与えた。男にとって、鉱物も生身の猫も、関心がないという点では同程度の存在でしかない。

しかし、綾瀬にとっては違う。

たかが猫であったとしても、綾瀬は自分より弱い存在を捨て置くことはできない。

だからこそあの夜、綾瀬は路傍《ろぼう》の狩納を、部屋へ招いたのだ。

「た、たかがって…。ニゴは狩納さんの猫じゃ…」

声を上擦らせ、綾瀬が不安を否定しようと、狩納を見上げる。

戸惑う声音は、冷たい冬の夜に狩納を救ったものと同じであり、そして全くかけ離れたものでもあった。

長く長く伸びる不毛な暗い道が、雨音と共に胸を圧迫する。

「俺の猫？　笑わせるな」

苦い嘲笑《ちょうしょう》を吐き捨てると、唇の端から発達した犬歯《けんし》が覗いた。

「俺は猫になんか、初めっから興味はねえ」

欲しかったものは、一つだけだ。

たとえ猫に向けられるものと同じ温情を、分け与えられていただけだと解ってさえも。

あの夜に魅入《みい》られた自分には、すでに引き返す道などない。

「興味がないって…。だって、ニゴは…」

「黙れ」

困惑に喘《あえ》ぎ、寝室へ引き返そうとした綾瀬の髪を、狩納は摑むように引き寄せた。

「…っ」

痛みに呻いた綾瀬の瞳が、凍えた色で狩納を見る。猫を見下ろす、やわらかな輝きなど微塵《みじん》もない。

解ってはいても、その事実は狩納の胸を暗く染めた。

「家に残りてぇなら、俺もつき合ってやるよ」

怯える額を引き寄せ、意図的に低めた声音を注ぎ込む。


シーツに俯《うつぶ》せた背中が、悲鳴に強張る。

「……あ…」

高く掠れた声音に眼を細め、男は汗の滲む肩胛骨《けんこうこつ》を歯で辿った。

「ん…」

犬歯の痕《あと》が残る強さで皮膚を嚙むと、怯えたように声がふるえる。

その響きをもっと聞いていたくて、狩納は尖らせた舌の先で、背骨の窪《くぼ》みを執拗《しつよう》に抉った。

「背中、気持ちいいんだろ」

声を堪えようとする仕種《しぐさ》を見下ろし、意地悪く眼を細める。

「背中以外も、お前は好きだけどな」

「狩……、ぁ…」

瘦せた体に背後から伸しかかり、狩納はシーツに埋《うず》まる綾瀬の横顔を見詰めた。太腿《ふともも》を撫でると、波打つように背中がくねる。

それが面白くて、狩納はゆっくりと尻の肉を摑んだ。体を捻り、逃げようとする尻に、きつく指を食い込ませる。

何度体を繫《つな》いできても、綾瀬のこの頑《かたく》なさに変わりはない。

快楽に従順な若い体とは裏腹に、羞恥《しゅうち》と抵抗を捨てきれない綾瀬の仕種が、いつも以上に狩納を苛立たせた。

拒まれているのだと、思い知らされる。

肉体の問題だけでなく、綾瀬が狩納の存在を受け入れまいとする現実を、改めて突きつけられる心地がするのだ。

往生際《おうじょうぎわ》の悪い様子に舌打ちをして、狩納は痩せた体を仰向けに返した。

「勿体《もったい》ぶるなよ」

「…ひ……っ」

細い膝を左右に開き、尻の奥までもが見える姿勢を強《し》いる。

「見られるの、好きだろ?」

逃げられないよう、深く膝を折ると、激しく上下する胸が軋《きし》んだ。閉じていることさえ辛《つら》いのか、半開きになった唇から泣き声のような喘ぎがもれる。

下肢を隠そうと、弱々しく伸ばされた綾瀬の指を、狩納は払った。

「恥ずかしいことされるのが、お前は堪んねえんだもんな」

「違……っ」

泣きそうに歪んだ顔を見下ろしたまま、尻の肉を割る。その奥に息づく粘膜の入り口へ、狩納は指先で触れた。

びくっ、と、組み敷いた体が引きつる。

唇を噛みしめようとする頑なさと、赤い粘膜《ねんまく》の生々しさとの差異に、狩納は唇を歪めた。どちらもぬれて甘そうな色が、男の劣情を煽《あお》る。

「ん……」

ぐっと、入り口を指の腹で押した狩納の動きに、綾瀬が顎を反《そ》らせた。ふっくらと腫《は》れた粘膜が、吸いつくように指へ絡む。このまま力を入れて掻き回し、堪えようのない声を、搾《しぼ》り取ってやりたい。

喉を渇かせる欲求に、狩納は唇の端を舐めた。

「恥ずかしくねえのか。気持ちよさそうな顔しやがって」

甘い声で詰《なじ》ると、細い腕が逃げ場を探すように泣き顔を覆う。

「誰が隠していいって言った」

身を捻り、男の視線から逃《のが》れようとする綾瀬の尻へ、狩納はゆっくりと指を突き入れた。

「…ぁ…っ」

涙にしめった睫がふるえ、なまあたたかいしずくがシーツへ落ちる。

先程執拗にジェルを塗り込んだ粘膜は、すでにどろりと解けあたたかだった。少し力を入れただけで、ずぶずぶと音を立て、指が埋まる。

「…ぁ…や……っ！　痛…い…っ」

「嘘《うそ》をつくな。俺はやさしい男だろ」

笑い、狩納は更にもう一本、ジェルをあふれさせる粘膜へ指を含ませた。

快楽を否定しようにも、涙に汚れ、上気した頬には歪んだ興奮がある。肉体の高揚に打ちのめされる綾瀬に、狩納もまた嗜虐《しぎゃく》的な興奮を味わった。

狭い直腸《ちょくちょう》の締めつけを楽しみ、更に深く指をもぐらせる。為《な》す術《すべ》もなく男の視線に曝《さら》される幼い性器からは、甘い蜜《みつ》が粗相《そそう》のようにシーツへこぼれていた。

「……ぃ……」

指の動きに負け、食いしばる歯の隙間から、濁った悲鳴が押し出される。

かわいそうだと思う気持ちより、清潔な印象を纏う綾瀬の横顔が壊れてゆく征服感に、喉が渇いた。

「いつだって、お前がいいように可愛がってやってるじゃねえか」

囁き、狭い場所で指を曲げる。

「ぁ……っ」

ぐちゅんと潰れた音を立てたそこは、真っ赤に充血し捲《めく》れ上がった。

見開かれた綾瀬の瞳から、また一筋、涙が落ちる。ぬれた粘膜の色は、それだけでどろりと澱《よど》んだ快楽を予感させた。

「すげえ色だぜ。お前ん内部《なか》」

掠れた嘲笑をもらし、広い背中を屈《かが》める。

「やめ……っ」

内腿へ触れた狩納の息遣いに、男の意図を察したのだろう。シーツをずり上がろうとした体が、涙交じりに懇願した。

構わず、わざと唾液《だえき》を絡ませ、舌を伸ばす。

「ぃ……っ……」

ふっくらと腫れた粘膜を舌で突いた瞬間、男の頭を挟む綾瀬の腿が痙攣《けいれん》した。

にやりと口元を歪め、尖らせた舌先を、粘膜の奥へと突っ込む。指で広げ、舌の侵入を助けると、狭い粘膜がいやらしく歪んだ。

「あ…、や…、舌…ぁ、い…やぁ……」

与えられる刺激に怯え、男の肩を押し返していたはずの指先が縋りついてくる。逃げようと揺れる腰が、もっと奥を舐めて欲しいとせがんでいるようだ。

ふるえる体の振動を感じながら、舌を使い、吸い上げる。

「……っ、ひ……ぃ…っ…」

時々舌や指が好きな場所をこするのか、悲鳴じみた息と共に、頬に当たる腿が強張った。そんな声を嗄れるまで搾り取ってやりたくて、じゅるりと唾液を鳴らし、掻き出すように舌を使う。出入りする男の舌の動きをねだるよう、細い指が狩納の肩へ爪を立てた。

「…や…だ……ぁ…っ」

「もっと舐《な》めてくれって、言ってみろ」

酷薄《こくはく》な笑みを浮かべた口元に、どろりとこぼれた唾液が伝う。

唾液とジェルにぬれ、ずっぷりと自らの指を呑み込む粘膜の様子に、狩納は満足して眼を細めた。

「抜…、……て…」

二本の指で深く直腸を圧迫され、綾瀬が弱い懇願《こんがん》をもらす。

何度抱かれても、綾瀬が快楽に臆病であることに変わりはない。容易に快楽へ落ちようとしない強情さに、狩納は汚れた唇を舐めながら、眼の奥で暗い光を閃《ひらめ》かせた。

どこまで行っても、この体は自分が望む通りに頽《くずお》れはしない。

ばかばかしいほど力ないくせに、驚くほど強情な少年に、狩納は怒《いか》りを込め唇の端を吊り上げた。

「我が儘言うなよ」

びくりとして顎を反らせた綾瀬を見下ろし、ぬれた股間《こかん》を包み取る。

「……っ」

まだ幼さを残す綾瀬の性器は、健気《けなげ》に張り詰め、あたたかな蜜をいっぱいにしたたらせていた。

「お前ばっかり悦《よ》くても、しょうがねえのは確かだけどな」

やさしく囁き、性器を包む指の輪を縮める。くぅ、と犬のような息を絞った綾瀬の手首を、狩納は無造作に握り取った。

「な……」

「自分で握ってろ」

唐突に命じられ混乱する綾瀬の指を、狩納は押さえ込んだ。

「いじるなよ。早く終わっちまわねえように、ちゃんと堪えるんだ」

「……や……ぁ……」

容赦ない男を、涙でぬれた目が救いを求め、見上げる。その力なさに、首筋のあたりをぞくりとした嗜虐心が満たした。

無論、無駄な命令なのは判っている。

張り詰めた性器を握らされ、若い体がそれほど長く射精の誘惑に抗えられるとは思えない。

「俺より先に出したら、承知しねえぞ」

汗で貼りついた髪を掻き上げてやりながら、甘い声を与える。男の眼に笑みがないことに、綾瀬が絶望の吐息《といき》を啜《すす》り上げた。

「待……」

自らのベルトをゆるめた狩納の動きに、琥珀色の瞳が歪む。

「しっかり尻、突き出してろ」

厚い掌で腰骨を支え、狩納は取り出した自らの牡《オス》を入り口へと押しつけた。

「…許……、ぁ……っ…」

衝撃に強張る唇を見下ろし、躊躇《ちゅうちょ》なく腰を突き入れる。

「んん……っ」

ぬぷんと粘ついた音を立てて、堅い狩納の肉が充血した粘膜を押し広げた。ぬれた粘膜は頑なな綾瀬の気質とは裏腹に、とろりと溶けてしまいそうなほど、あたたかい。

「あ…、動か…な…いで……っ…」

泣き声に構わず、狩納は時間をかけ、張り出した最も太い部分を直腸へ含ませた。

その間も、苦悶《くもん》する綾瀬の容貌から、決して視線を逸《そ》らすことはしない。

「…ぅ……」

入り口の狭さと、その奥のやわらかさに、一息に掻き回し、引き裂いてしまいたい欲求に駆られる。

「ちゃんと、握ってろよ」

全身で荒い呼吸を繰り返す綾瀬の股間を、狩納は揶揄《やゆ》するように指先で弾いた。

「……ぃ…」

息を詰めた綾瀬が、痛々しいほどぴんと体を硬直させる。細い指が健気にも、自らの蜜にぬれる性器を握り込んでいた。

「あ…、は…ぁ……っ…」

懸命に性器に指を絡め、堪える綾瀬の姿は、それだけで煽情《せんじょう》的だ。

「達《い》きたいか?」

囁く自分の声も、欲情に掠れていた。

「ん…ぅ……」

応《こた》えない綾瀬に、笑みを深くして腰を引く。

ぐぷんと音を立て、とろけた粘膜を内側から、太い男の性器が抜け出た。充血して艶やかな粘膜が、物欲しげに狩納の肉に絡まる。

「強情張るなよ」

余計に、可愛くなるだろう。

嘲笑をもらし、狩納は誘うように口を開く粘膜へ再び牡を当てた。

「狩……」

諦めを混ぜ、力なく喘いだ声を心地好く聞きながら、先程よりも深く、突き入れる。

「ぃ…」

「…っ、…きついぜ。ゆるめろ」

締めつけてくる粘膜の動きより、懸命に快楽に耐える綾瀬の表情を楽しみながら、狩納は加減も忘れて抉った。

「やぁ…、や……っ…」

掠れた悲鳴の終わりが、痙攣に重なる。動き続ける狩納の下で、壊れそうな体が反った。

「…ひ……」

混濁した声を上げ、綾瀬が射精の衝撃に腰をふるわせる。

上気した綾瀬の腹や胸に、勢いよく飛沫《ひまつ》が飛び散った。

搾り取られそうな締めつけと、清潔な体を汚す征服感に、すぐに新しい興奮が募《つの》る。

薄い胸を上下させる綾瀬の横顔は、恍惚《こうこつ》よりも、射精の衝撃と快楽を極めた罪悪感に、茫然としていた。

「勝手に達くなって、言っただろ」

半開きの唇から、ぬれた舌が覗く。舌を追って口吻けると、深い位置で繋がった体がふるえた。

「あ……」

思わずといった声が、もれる。

意図せず、口元が残酷な笑みに歪んだ。

今この瞬間は確かに、綾瀬の全ては自らの掌中《しょうちゅう》にある。

「躾《しつけ》の悪いやつだな」

囁いた男に、疲れきった唇が声にならない声をもらした。

ごめんなさいと、そう言ったのかもしれない。意識が混濁《こんだく》としている瞳を、狩納は舌先で舐め取った。

「ん……」

「猫は、躾ができねえって言うが…」

猫と、そう口にした瞬間、涙で重くなった綾瀬の睫《まつげ》がふるえる。

それを見逃すことなく、狩納は甘くとろけた粘膜のなかを、充実した肉で探った。

「…ひ…ぁ…」

「俺は、猫を飼ってる気はねえからな」

男の胸を押し返そうとした手首を摑える。力の萎《な》えた指を、再び自らの性器へ絡めるよう強いると、綾瀬が息を啜り上げ、目を瞑《つぶ》った。

「……ぅ…」

「今度はちゃんと、俺がいいって言うまで、達くなよ」

観念した綾瀬の脚を、やさしく撫でる。

この体が誰のものかを教えるため、狩納は自分を呑み込んだ入り口を指で辿った。


ペットじゃない。


傾き始めた陽光が、磨き上げられたフローリングの床へ落ちる。

取り替えたばかりのシーツが、よそよそしい。寝台と毛布の間にひっそりと横たわる肢体を、狩納は戸口から振り返った。

落ち着いた深緑色の毛布にくるまる体は、ぴくりとも動かない。まだ、眠ってはいないだろう。そう思ったが、かける言葉はなかった。

毛布に埋もれてしまいそうな体の薄さが、痛々しい。

苦い溜め息を噛み、扉を閉める。広い廊下を、玄関へ向け歩き出そうとして、狩納は横たわる黒い影に気づいた。

「…お前……」

にゃううぅん、と、口を閉じたまま、黒い猫が威嚇《いかく》の声を出す。自分の踝へと、不器用に爪を立ててくる猫を、狩納は鋭利な視線で見下ろした。

綾瀬が献身《けんしん》的に手入れをしてやったせいか、毛並みは随分なめらかになっている。

このみすぼらしさが、綾瀬の庇護《ひご》欲を掻き立てるのか。

悪くすれば、使命感なのかもしれない。

そう考えると、思い出したくない寒さまでが思い出され、いっそう胸が苦くなる。鼻のつけ根に皺を刻み、狩納は鋭い舌打ちの音を響かせた。

「鈍いお前が、車に轢かれたのが間違いなんだぜ?」

猫になど、声をかけても無意味だ。

解ってはいたが、狩納は吐き捨て、右腕を伸ばした。

唐突に胸元を掬《すく》い上げられ、猫がくぅう、と呻きを上げる。毛皮の下の肉は、驚くほどあたたかく、そしてやわらかだった。

不機嫌そうな黒猫を右手にぶら下げ、狩納は革靴へと足を突っ込んだ。


夕暮れ時をすぎ、街へと流れ込んだ厚い雲が、ただでさえ汚れた空を重くする。

雨が降る気配はなかったが、空気は少し冷え始めていた。

ペットじゃない。


　地下の駐車場に車を止め、エレベーターを使わず事務所を目指す。がっしりとした右腕には、書類鞄《かばん》と共に、厚手の紙袋に収められた保温鞄が提げられていた。

　昼間顔を出す予定だった店に無理を言い、急いで作らせた食事だ。こぢんまりとした仏《フランス》料理屋は、綾瀬が祖母と暮らしていた頃、通っていた店だ。懐かしがっていた綾瀬のために選んだのだが、結局二人で足を運ぶことはできなかった。

　人と会う用件を済ませ、途中夕食へ誘われたが、狩納は丁寧《ていねい》に辞退してマンションへ急いだ。

　少しでも早く綾瀬の様子を覗いてやりたい。

　手酷い遣り方で綾瀬を組み敷いた、自分の力を思い出し、唇を引き結ぶ。

　怯えさせることなく、大切にしてやりたいと願いながら、結局は綾瀬を追い詰める自分自身に、苛立ちが湧いた。どろりと胸を覆う感情は、制御の効かない嫉妬《しっと》心でしかない。

　それは猫一匹の問題ではなかった。

　綾瀬の目に触れ、その愛着が注がれる全てのものを、打ち壊してしまいたくなる。

　不安という言葉を、これほど苦々しく噛みしめた経験が自分にはあるだろうか。

　あんな猫などマンションへ連れ帰らず、退院と同時に誰かにくれてやればよかったのだ。

「お帰りなさいませ」

　事務所の扉を開いた狩納に気づき、久芳が急ぎ足で駆けてくる。

　明るい室内には、感情のない電話の音が響いていた。

「なにかあったのか？」

事務所を見回した狩納が、低く問う。一見して無感情な久芳の表情に、微かな焦りの色を見つけたのだ。

「実は…」

いつもは冷静な久芳の視線が、ちらりと接客用の応接セットを振り返る。反射的に視線を向けると、浅縹色《あさはなだ》のニットを身に着けた人影が、弾かれたように立ち上がった。

「綾瀬…」

驚きの声を上げた狩納を、充血した瞳が真っ直ぐに見上げる。

数時間前、狩納に組み敷かれた時も、綾瀬は大粒の瞳を潤《うる》ませ、男を見上げた。

しかし今狩納を見る綾瀬の瞳からは、寝台での怯えは影をひそめている。代わりに、凍えそうな悲しみの色があった。

「どうしたんだ、お前…」

時間をかけ、狩納に思う様貪《むさぼ》られたのだ。痩せた綾瀬の肢体は水を含んだ真綿《まわた》のように、重く怠《だる》いに違いない。

咄嗟に身体を気遣った狩納には応えず、綾瀬が薄い唇を引き結んだ。

「ニゴが……」

強張った声が、血の気のない唇からこぼれる。開口一番、猫の名を口にされ、狩納は露骨な渋面を作った。

「また猫の話か。いい加減にしろ」

呆れ返り、手にしていた包みを書類鞄ごと、乱暴にカウンターへ置く。

寝室で目を覚まし、居間のケージに猫がいないことに気づいたのだろう。猫のためになら、体の不調を押してでも事務所へ下りてくる綾瀬の執心《しゅうしん》に、苛立ちが湧いた。

「……捨てたんですか…」

ぽつりと、強張った綾瀬の唇から呟きが落ちる。乾ききった声の響きに、狩納はぎょっとして綾瀬を見下ろした。

凍えた瞳が、茫然と自分を見上げる。

その光のなかに、狩納は尋常ではない絶望を見た。

「なに言ってんだ。猫なら…」

社長室へと視線を向けようとした狩納を、久芳がちいさく首を横に振り、遮る。

「…実は社長室のケージにもいません」

「ばかな。俺は確かに入れたぞ」

驚き、狩納は大股《おおまた》に事務所を横切った。

猫など、捨ててしまえばいいと思ったのは事実だ。しかし狩納は、まだそれを実行してはいない。

休んでいる綾瀬の邪魔にならないよう、マンションから事務所のケージへ連れてきただけだ。

しかし社長室の扉を開き、狩納は低い唸りを上げた。

「綾瀬さんがいらっしゃるまで、誰も社長室へは入室していませんでした」

後に続いた久芳が、抑揚のない声で教える。頷くこともせず、狩納は部屋の隅に置かれた猫用のケージを見た。

近づいて確かめるまでもなく、そのなかは空だ。よく見れば、プラスチックの扉が開いている。

「俺は連れて出ていない。誰も部屋に出入りしてないなら、ここにいるってことだろう」

「それが……」

振り返った狩納に、久芳が言い辛そうに言葉を濁した。

「…部屋の窓が、開いていたようです。社長がお連れでなければ、そこから逃げた可能性も否定できません」

「できませんじゃねえだろう！」

語気を険しくし、狩納の拳が壁を打つ。

狩納の事務所が入っているのは、ビルの二階だ。普通の猫ならば、飛び降りたとしても死ぬようなことはない。

しかし相手は、事故後一週間ほどしか経っていない、ひ弱な猫だ。無事地上に降り立てたとしても、交通量が多いこの土地で、無傷でいるとは思えない。

「申し訳ありませんでした」

深く頭を下げた部下の背後で、綾瀬が蒼白な顔色のまま立ちつくしている。

綾瀬の脳裏にもまた、狩納が想像したものと同じ最悪の光景が思い描かれているに違いない。

「ニゴは、怪我をしていたんです…」

白い唇が、唸るように声を絞り出す。

泣いてしまうのではないか。

憔悴《しょうすい》しきった綾瀬の声を聞いていたくなくて、狩納は腕を伸ばし、少年の肩を捉えた。

「上階《うえ》に行っていろ。猫のことは、どうにかする」

「どうにかって……」

珍しく食らいついた綾瀬に、吐息がもれる。

「………そんなに猫が飼いたいのか」

苦く呟いた狩納に、抱き寄せられた綾瀬が瞳を見開いた。

「狩…」

「…どうしても欲しいんなら、別の、もっと丈夫な猫を買ってやる」

苛立ちを抑え、狩納が言葉を探す。

狩納は今でも、綾瀬に猫など与えてやりたくない。だがそれ以上に、このまま綾瀬を悲しませたくはなかった。

狩納を見上げた綾瀬の瞳が、茫然と見開かれる。泣くことさえ忘れた瞳が、信じられないものを見る目で狩納を凝視《ぎょうし》した。

「やめて下さいっ！」

叫んだ綾瀬が、細い体をもがかせる。

「まだ死んだわけじゃないのに…っ」

ざらりと乾いた声が、涙とは違う悲愴《ひそう》さで狩納を責めた。

痩せた体が、打ちのめされたように揺らぐ。

「どうしてそんなこと言うんですかっ」

繰り返された声音は、悲鳴に近い。

危ない、と。そう思った時には遅かった。

「綾瀬っ」

咄嗟に伸ばした狩納の腕に、華奢な体が崩れ落ちる。

指先の冷たさとは対照的に、その体はぎくりとするほど熱かった。

「放……」

狩納の腕から逃れようと、力なくもがく体を抱き締める。力では敵《かな》わないと知りながらも、喘ぐように抗う体が痛々しい。

「久芳、こいつを上階へ運んでおけ」

唐突に名を呼ばれ、仮眠室へ走ろうとしていた部下が振り返る。綾瀬のため、久芳は社長室の奥にある仮眠室に、休む場所を作ろうとしていたのだろう。しかしそこでは事務所に近すぎて、ゆっくりできそうにない。

「社長は……」

まさか自分が、綾瀬を自室にまで運ぶ役目を与えられようとは、考えていなかった顔だ。舌打ちしたい気持ちを堪え、狩納は綾瀬の額を撫でた。

「俺はこれから、もう一件回ってくる」

機械的な狩納の言葉に、抱かれた綾瀬が唇を噛む。

「…解りました」

「それと、猫のケージは仮眠室に片づけておけ。社長室《ここ》には、もう必要ねえ」

嗚咽《おえつ》を堪える綾瀬を部下に預け、狩納は溜め息交じりに立ち上がった。


星も見えない曇天《どんてん》が、重く頭上に伸しかかる。

額に滲む汗を拭い、狩納はスーツの上着を身に着けたまま出たことを後悔した。

汚れたポリバケツの蓋《ふた》を、素手《すで》で開く。むっと、饐えた生ゴミの匂いが鼻をついた。

「…ちくしょう」

ポリバケツには、生ごみ以外は詰まっていない。二、三度ポリバケツを揺すり、乱暴に蓋を投げる。

路地裏で生ゴミを漁《あさ》る狩納を、千鳥足《ちどりあし》の酔客《すいきゃく》が不思議そうに覗き込んだ。

「見せものじゃねえぞ！」

足を止める酔客へ、狩納は怒声と共にポリバケツを蹴りつけた。

恐ろしい音と共に、弾け飛んだバケツが路地へ倒れる。同時に、みぎゃっ、と叫びを上げ、黒い影が路地を駆けた。

猫だ。

「待て！」

空気がびりびりとふるえるほどの怒声に、酔客が悲鳴を上げて飛び退《の》く。

構わず、狩納は薄暗い路地を全力で蹴った。

壁際を走り抜けた黒い影との距離を、一気に詰める。速度を落とさないまま腕を伸ばし、押さえ込んだ。

「捕まえたぞ、二十五万！」

にぎゃぁあっ、と、鷲掴《わしづか》んだ腕の下で、激しい声が上がる。

決死の形相《ぎょうそう》で暴れる猫は、ずっしりと重い。

虎《とら》模様の毛皮が、狩納の腕に吊られ、倍ほどに逆立っていた。

「…んだよ手前ェっ」

叫び続ける猫を見下ろし、狩納が眦《まなじり》を吊り上げる。茶色い毛皮は、明らかに二十五万円ではない。毛足の短さも、緑がかった目も、まるで違う。怒りを露にした狩納の視線を浴び、捕らえられた猫が狂ったように身を捻る。

「紛らわしいとこにいるんじゃねえッ」

怒声を張り上げ、狩納は加減なく、猫を投げ捨てた。

勢いよく路地を飛んで逃げた猫を、すっかり酔いが醒めたであろう酔客が必死で避《よ》ける。

「くそ……」

呻き、狩納は鋭い舌打ちの音を響かせた。わずかに迷ったが、暗い路地を再び、自らの事務所の方角へ歩き始める。

右腕を持ち上げ、時計を確認する気持ちさえ湧かない。

そろそろ午前一時をすぎようとしているのは、駅に向かう人の動きで解っていた。三時間近くも、自分は街を歩き回っていたということか。

呆れる気持ちを噛み殺し、狩納は路地の暗がりへ視線を向けた。袖を捲り上げた腕だけではなく、体中から生ごみの匂いが漂う気がする。

一体自分は、なにをやっているのだ。

苛立ちを通り越し、呆れが胸に湧く。

取引先の人間と会うつもりで事務所を出ながら、結局は黒猫を探して街をうろつく自分が信じられなかった。

最初に探したのは、事務所の周辺だ。

窓から落ち、路上で車に潰されていないか、それを確かめるだけのつもりで周囲を回った。しかし幸《さいわ》いにと言うべきか、不幸にしてと言うべきか、猫の死体は見つからなかった。

目つきは悪いが、決して俊敏《しゅんびん》とはいえなかったあの猫が、二階から落ちて無事でいるだろうか。疑問には思ったが、死骸《しがい》がない以上、綾瀬を納得させる術はない。否、万が一、二十五万円の死体を見つけても、綾瀬に見せることはできそうになかった。

綾瀬は滅多に大きな声を出す少年ではない。それが二十五万円のためには、あれほど懸命に抗議をしたのだ。

そんなにも、猫が飼いたかったのかと思うと、胸の奥が不快に澱んでくる。

「…よく似た黒猫でも、捕まえて帰るしかねえか……」

車に轢かれていなければ、二十五万円も生ごみを漁っているかもしれない。

それを期待し歩き回るのだが、二十五万円どころか、よく似た黒猫さえ見かけなかった。

駅から離れ、シャッターが下り始めた区画を抜けると、通りからは目に見えて人が減る。自分の体からだけではなく、街全体を、澱んだ腐敗臭《ふはいしゅう》が包んでいた。

狩納が所有するビル近くまで戻ると、周囲は飲食店より事務所などが入る雑居ビルが増えてくる。今度は雑居ビル周辺の路地に、眼を向けようか。そう考えごみ置き場を眺め回していた狩納の背後でビルの扉が唐突に開いた。

「何度言ったら解るんだ！　吐くなら余所でやれ！　誰が始末すると思ってんだっ」

甲高い怒声と共に、ばしゃりと水飛沫《みずしぶき》が、耳元で弾ける。

咄嗟に身を翻《ひるがえ》そうとしたが、足元のごみがそれを許さなかった。

「……っ」

呻いた視界に、空《から》のバケツを構える中年の男が飛び込む。頭から、したたるほどの水を浴びせられたのだと気づき、狩納は双眸を見開いた。

「あ…あんた……」

バケツを手にした中年の男が、驚きに顔を歪める。

「……」

立ちつくしたまま、狩納は水浸《みずびた》しになった自らの体を見下ろした。

意図せず、口元がにやりと歪んだ。

なにも、面白いことなどない。

改めて考えるまでもなく、腹立たしい出来事の連続だ。どこからなにが間違い始めたのか、思い出すのもばかばかしい。

「わ、わ、悪かった…っ。ひ、人違いだ。こ、ここんとこずっと、同じ奴がここでゲロってくから、それで……」

バケツを握り締め、男が上擦った声で釈明《しゃくめい》した。

不愉快な声だ。

生臭くなったスーツの下で、シャツが水を含みべったりと皮膚《ひふ》へ貼りつく。

なにもかもが、不愉快だった。

「どうせ間違えるんなら、俺の機嫌がいい時にしとくんだったな」

吐き出した声が、まるで笑うような抑揚を帯びる。口元の笑みも消えてはいなかったが、しかし声の底に籠もるのは、紛れもない怒りの色だ。

「ひ、ひぃぃぃぃっ」

ぐっと、大きく固めた狩納の拳に、男が引きつった悲鳴を上げる。躊躇なく拳を振り上げた狩納の胸元で、切迫した電子音が上がった。

こんな時に、携帯電話の呼び出しとは間《ま》が悪い。

怒りが湧いたが、狩納は胸元を探ると男の脛《すね》を蹴りつけた。

「痛《いて》ぇぇ！」

大袈裟な声を上げ、男の腕からバケツが落ちる。がしゃんがしゃんと、ビルに反響した音に舌打ちをし、狩納は携帯電話を耳に当てた。

「俺だ」

「なんの音？　相変わらず乱暴なことしてんじゃないでしょうね」

嫌味なほど女性的な口調を向けられ、予《あらかじ》め発信元を確認していたとはいえ、気色悪さに眉間を歪める。

「取り込み中だ。切るぞ」

「待ちなさいよ！　旦那、猫は見つかったの？」

思いがけない言葉に、狩納が鋭利な眉を吊り上げる。

「なんの話だ」

「猫がいなくなったんでしょ？　さっき綾ちゃんが電話くれたんだけど」

「綾瀬が電話しただと!?」

怒鳴り、狩納は雑居ビルの扉を殴りつけた。脛を押さえ、悲鳴を上げ続ける男の頭上で、古いアルミの扉が歪む。

「そんなに怒ることないじゃない」

相変わらず心の狭い男ねえ、と、楽しげな声が唸る。

「黙れ。綾瀬の奴、なんて言って電話してきたんだ」

「だから、猫がいなくなったって。黒くて、喉元に白い柄がある猫を見かけたら教えて欲しいって言ってたわ」

染矢の店周辺の捜索は、狩納も考えなかったわけではない。心当たりの一つだった店の側にも、猫はいなかったということか。

ペットじゃない。

「お前の店の側にも、いなかったんだな」

「お店が始まってたから、ちゃんとは探してないんだけど、見かけてないわ。…気になったのは、綾ちゃん随分気落ちしてたみたいだけど、大丈夫？」

わざわざ携帯電話へ連絡をよこしたのは、それを尋ねるためだったのだろう。

舌打ちを呑み込むと、苦い溜め息が込み上げた。

「詳しいことは綾ちゃん、なにも言わなかったけど、まさか旦那、癇癪《かんしゃく》起こして猫を捨てちゃったんじゃないわよね。あたしにまで連絡入れてきたってことは、あの子、相当思い詰めてる証拠《しょうこ》だから、心配で…」

綾瀬は平素《へいそ》から、なにかと染矢には懐いている。しかし仕事中の染矢に連絡を取るとは、やはりそれだけ追い詰められているということだ。

「……綾瀬が電話したってのは、いつの話だ」

「一時間くらい前だったかしら。…ねえ、本当に大丈夫？　綾ちゃん、思い詰めるととんでもないことしそうな子だし…」

「うるせえっ。余計なことに首を……」

怒鳴ろうとした狩納の耳に、遠いクラクションの音が響く。

何故その音が、唐突に意識へ滑り込んできたのか、狩納には理解できなかった。

なにかしらの、気配を感じたわけではない。しかし視界を巡《めぐ》らせ、車が行き交う大通りに眼を向けた時、狩納は弾かれたように息を呑んでいた。

「嘘だろ……」

呻くように、声がもれる。

遠い車道で、甲高いクラクションの音がもう一度響いた。

「綾瀬ッ！」

空気がふるえるほどの大声が、喉を迸る。

脛の痛みに蹲《うずくま》っていた男が、再び悲鳴を上げ、路地へ伏せた。

「え？　あ、綾ちゃん？」

驚く染矢の声さえ、もう耳には入っていない。考えるより早く、狩納は全力でアスファルトを蹴っていた。

大通りの中央分離帯《ぶんりたい》に、人影がある。

小柄な、影だ。

ぞっと、全身から血の気が引く。

「動くなっ」

自分でも信じられない叫び声が、路地に響き渡った。

携帯電話を握ったまま、路地から大通りへと飛び出る。

突然暗がりから走り出た狩納の長身に、歩道に立ち止まっていた若い男女が声を上げた。誰かが中

ペットじゃない。

央分離帯を指さし、心配そうな顔を作る。

背が低い常緑樹が植えられた中央分離帯は、人が歩くためには造られていない。それにも拘《かか》わらず、狭いコンクリートの上を、不安定な足取りで進む人影があった。

「なにをやってるんだ！　綾瀬っ」

張り上げた怒声を、絶え間なく走る車の音が掻き消す。ぎらつくヘッドライトと街灯の明かりに、青褪《あおざ》めた容貌が映し出されていた。

間違いない。

張り詰めた綾瀬の横顔が、狭い中央分離帯を進んでゆく。恐ろしい早さで駆け抜けてゆく車から、時折警告の警笛《クラクション》が上がった。

しかし小柄な人影は意を決した瞳で、振り向きもしない。

正気の、沙汰ではなかった。

考えた途端、染矢の言葉が冷ややかに蘇る。

追い詰められたら、綾瀬はどんな行動に出るか解らない、と。

まさか。

胸に湧いた最悪の予想を否定しようとして、狩納は胃の腑を締めつける悪寒《おかん》に言葉を失った。

「綾瀬……」

猫を探しに出たのか。あるいは綾瀬が自らの意志で、狩納の前から消えようというのか。

冷静な思考など一欠片《ひとかけら》もなかったが、それでも繰り返した自分の言葉の意味に、指先がふるえた。切りもなく車が駆ける車道を睨み、ぎしりと奥歯を軋ませる。

そんなこと、許せるものか。

激昂《げっこう》にも似た熱が喉へ突き上げ、狩納は横断歩道を目指しアスファルトを蹴った。

どんなことをしても捕まえ、引き摺り戻してやる。それが綾瀬のためではなく、狩納自身の希求《ききゅう》にしか根ざしていなくとも、構わない。

走り出そうとした狩納の耳へ、若い女の悲鳴が飛び込んだ。中央分離帯を指さす人影から、口々に声が上がる。最初は、それがなにを意味するものか理解できなかった。

猫が、と、そう言っただろうか。

振り返り、中央分離帯へ眼を凝《こ》らした狩納の肩が、ぎくりと強張る。暗い植え込みの下、闇に溶ける黒い影のように、それは蹲っていた。

「二十五万円っ」

中央分離帯から、黒い尻尾《しっぽ》がだらりと垂れている。

「嘘だろう……」

これを、助けようとしていたのか。

猫が、そして綾瀬が、どうやって中央分離帯まで辿り着けたのかは解らない。

四車線ある車道を、ヘッドライトを煌々《こうこう》と光らせる車が、空気を引きちぎるように駆け抜ける。

轟々《ごうごう》とタイヤで削られ続ける車道へ一歩でも踏み出せば、猫も綾瀬も間違いなく挽肉《ひきにく》だ。

「くそ…っ」

横断歩道は、一区画近く離れている。走り出そうとした狩納の視界で、猫の尻尾が揺れた。

「ニゴ！」

行き交う車の音に掻き消されながら、綾瀬が懸命な声を上げる。

黒い猫の影が、ぎこちなく伸びをした。

動き出そうと、いうのか。

「やめろ！　動くな綾瀬っ」

狩納の怒鳴り声に気づかないのか、綾瀬が猫を止めようと、身を乗り出す。

エンジン音を轟《とどろ》かせ、大型車両が狩納の目の前を走り抜けた。

「だから猫は嫌いなんだっ」

ここで猫が車道へ飛び出し、挽肉にされるのであれば、それがあの猫の運命だったのだ。狩納には、その割り切りができる。

否、できるはずだった。

舌打ちの音を響かせた狩納の体が、車道へ飛び出す。歩道で、ちいさな悲鳴が上がった。

構わず、中央分離帯へ向け、走る。

初めて、中央分離帯に立つ綾瀬が歩道を見た。

澄んだ瞳が、驚愕《きょうがく》の色に凍りつく。目の前の光景が現実のものとは、綾瀬にも信じることはできなかったのだろう。綾瀬が上げた悲鳴のように、車の警笛が狂ったように耳を打った。

しかし、止まるわけにはゆかない。

夜を抉るように光るヘッドライトに照らされながら、狩納は全力で車道を駆けた。

「狩納さんッ」

聞いたこともないような大きな声を上げ、綾瀬が瞳を見開く。

「待てっ！」

警笛に驚いたのか、猫が中央分離帯から飛び降りた。

「…っくしょう！」

これまでだ。

自分は充分に、手をつくした。そう思う気持ちもあったが、足は中央分離帯を蹴り、飛び越えていた。

黒い毛の塊が、思いもよらない敏捷《びんしょう》さでアスファルトを走る。

後を追う狩納の腕が、勢いを殺さないまま猫へ伸びた。掬い上げようとした狩納の横顔を、白いヘッドライトが照らす。

「……っ」

まずいと思ったが、間に合わない。


ペットじゃない。

突き進む以外術を失った狩納の体へ、鈍い衝撃がぶつかった。

「…綾……」

ぎょっとした体を、懸命な力が引き戻す。

「や、やめて下さい！」

構わず走り出そうとした狩納の背中へ、痩せた肢体がしがみついていた。

硬直した黒い尻尾が、指先をすり抜ける。動きを止めた狩納の指先ぎりぎりを、警笛を鳴らした車体が掠めるように走り去った。

「放せ！」

腹に響く怒声にも、綾瀬は力をゆるめない。ふるえる腕で中央分離帯へと縫い止められ、狩納は車道を見た。

何台もの車が、警笛を鳴らして駆け抜けてゆく。その間を、驚くべき俊敏さで黒い影が横切った。

長い尻尾が、軽快に歩道へ跳ね上がる。

助かったのか。

ほっとした狩納を振り返りもせず、黒い猫が路地へ消えた。

「なにするんだ！　猫が…」

「か、狩納さんこそ、なんてことするんですかっ」

裏返った声音が、悲鳴と同じ痛みを纏う。

決して離すまいとする綾瀬の力の強さに、狩納は振り払うこともできず動きを止めた。

「こ、こんな危ないこと…っ」

泣きそうな声を上げ、細い指が強く、スーツを握る。支えた綾瀬の体は、氷を抱いたようにふるえていた。

「車に、轢かれるかと思った…。俺、狩納さんが……」

恐怖が癒えない声で吐き出され、たった今自分が渡ってきた車道を振り返る。

交通量が衰《おとろ》えない車道には、ヘッドライトを光らせた車が、切りもなく走り続けていた。

「お前こそ、なんでこんなところにいるんだ！」

狩納の声に混ざる苛立ちに、綾瀬の瞳がはっと強張る。

「……ご、ごめんなさい…」

ようやく自分が、黙って部屋を出た事実に思い当たったのだろう。脆《もろ》く歪んだ綾瀬の目の色に、狩納は罪悪感にも似た苦さを噛んだ。

「ニゴを…探そうと思ったんです」

強張る声には、一本気な覚悟が満ちている。行き場のない苛立ちに、狩納は舌打ちした。

「誰がそんなことしろって言った」

「…ごめんなさい…。勝手に猫を拾って、狩納さんに甘えて…。俺…狩納さんが猫、嫌いなのも知ろうとしなかった」

自分を責める少年の唇が、痛みの形に歪んだ。

「…治療費を払ってくれたのも、名前をつけてくれたのも、狩納さんだったから、俺、狩納さんが猫が好きなんだって、勝手に思い込んで…」

啜り上げられた声の切なさに、狩納は双眸を歪めた。憔悴《しょうすい》しきった綾瀬の肩を抱こうとして、汚れた自らの両腕に気づく。

腕だけでなく、スーツも髪も、全身が生ごみと水で酷い有様だ。

「ごめんなさい……」

「仕方ねえだろ。嫌いだって、俺が最初に言ってなかったんだ」

「違うんです！」

舌打ちした狩納を、綾瀬が遮った。

「俺が…言わせなかったんです。俺にもできることがあるって、一人で、舞い上がるだけで…」

溜め息のようにもれた声が、切なくふるえる。

「自分のことばかりで、狩納さんやニゴのことを考えてなかったんです。自分で治療費も払えないのに狩納さんに頼って、新しい飼い主も探さずに…」

「もういい。やめろ」

何故これほど、この少年は自分を許そうとしないのか。

綾瀬の言葉は、いつでも自身だけを傷つける。そこからどうやれば掬い上げてやれるのか解らず、狩納は汚れた腕で体を掻き抱いた。

腕のなかで、華奢な体が逆らわずに軋む。

細い、体だ。

女のやわらかさとは無縁の綾瀬の体はちいさく、そして頼りなかった。

「俺だって、…お前を喜ばせてやりたかっただけだ」

たとえ猫にさえ与えられるやさしさであれ、あの冬の夜に魅入られたのは自分だ。

猫が嫌いだと言い出せなかったのも、ケージを買ったのも、餌鉢《えさばち》を用意したのも。全ては猫のためではない。それさえ罪だと言うならば、許される者などいるのだろうか。

「自分ばっかり、責めるな。……猫を飼って欲しいって、怒鳴られる方がまだましだ」

唸るように絞り出し、狩納はきつく抱いた体を引き寄せた。

まるで造形の違う互いの体が、布を隔《へだ》てて密着する。ぴったりと重なることのない体は、いつでも狩納を歯痒《はがゆ》くさせた。

「狩納さん……」

ぬれたスーツに額を押しつけ、綾瀬が呻く。

この声は、まだ自分を許そうとはしない。

どんな瞬間も、そうだ。互いが軋むほど、きつく抱き締めても、まだ、足らない。

あの凍えた冬の夜から、自分は同じ焦燥《しょうそう》のなかにいる。

「もう一度、路地を探すか」

呻くように告げると、しがみついた体が子供のように頷いた。

綾瀬の手を引き、中央分離帯から下りようとした男の胸元で、携帯電話が無粋《ぶすい》な音を上げる。発信元が事務所であることを確かめ、狩納は舌打ちした。

「俺だ」

低く応じた狩納の耳に、いつになく高揚した事務所の気配が届いた。

「二十五万円を発見しました！」

冷たい響きはそのままに、部下の声が力強く告げる。耳を疑い、狩納は形のよい眉を吊り上げた。

「なに言ってんだ、お前、二十五万円なら……」

訝《いぶか》しんだ狩納の視線が、つい今し方、黒い猫が走り去った路地を見る。

「間違いありません。目つきの悪い、あの猫です」

携帯電話に耳を押し当てたまま、狩納は悪い予感に眉をひそめた。

二十五万円という言葉に、綾瀬も用件を察したのだろう。縋る目で自分を見る綾瀬と路地とを、狩納は見比べた。

「……どこにいたんだ」

「社長のごみ箱のなかです」

力強く応えた久芳の背後で、みゃぁぁぁ、と餌を催促《さいそく》する猫の声が響く。

「なんだとォ」

あまりのことに、狩納は柄《がら》にもなく低く呻いた。

ごみ箱にいたということは、二十五万円はずっと、社長室から出てはいなかったわけではないか。

なんということだ。

吐き捨てる力もなく、狩納は轟々と車が行き交う車道を振り返った。勝手に二十五万円だと思い込んだ猫を追い、無謀《むぼう》にも自分はこの通りを渡ったのだ。

「狩納さん？」

携帯電話を握ったきり、立ちつくしてしまった狩納を、綾瀬が先を急《せ》かすように呼ぶ。

「ごみ箱は、ごみ箱だったたってわけか…」

散々ポリバケツを探ってきた男の唇からもれた声は、自分でも滑稽《こっけい》なほど乾ききっていた。

「社長？」

一向に喜ぶ気配のない狩納を、携帯電話の向こうで久芳が訝る。

「もう目は覚めたようですが、いかが致しましょう。綾瀬さんを、お呼びした方が…」

久芳はまだ、綾瀬がマンションを出たことに気づいていないらしい。事情を説明することも煩わしく、狩納は苦い溜め息をついた。

「捨ててこい」

「は…？」

尋ね返した久芳に、狩納は唇の端から発達した犬歯を覗かせた。

「今すぐ蓋して、ごみごと捨てちまえって言うんだ」

「や、やめて下さいっ」

叫んだ綾瀬が、狩納に飛びつく。怒りに引きつる口元を、笑みの形に歪めながら、狩納はだから猫は嫌いなのだと、改めて繰り返した。


磨き上げられた社長室の扉が、勢いよく開いた。

でっぷりとした腹と尻とが、重量感をもって揺れる。はちきれそうな巨体を、たっぷりのフリルをあしらった綿のワンピースが包んでいた。

ぴんと小指を立て、しなを作る仕種とは裏腹に、顎の下に残る青い髭《ひげ》の剃《そ》り跡が生々しい。

「社長ーっ」

悲鳴とも咆哮《ほうこう》ともつかない野太い叫びに、机に陣取った狩納が渋面を作る。

「ああ、社長っ！　私の社長ー！」

どすどすと、地響きを上げそうな勢いで、女装した巨体が社長室へ駆け込む。応えるように走り出したのは、当然狩納ではなかった。


ペットじゃない。

ソファの脇に蹲っていた影が、みぎゃっ、と、声を上げると同時に、弾丸のように突進する。両腕を広げた女装の男へ、飛びかかった黒猫がばしりと前脚を繰り出した。

「ああ、これよ！　この切れのある猫パンチよっ」

床の上に膝をつき、しっかりと猫を抱いた男が涙をこぼす。

アザラシにも似た泣き声を上げる男と、その腕で前脚を振り回す猫とを、狩納は悪夢を覗く気分で見下ろしていた。

「…なんなんだ。その社長ってのは」

「トド子ちゃん。その子に間違いないの？」

呻いた狩納を無視し、泣き続ける分厚い背中へ、染矢が声をかける。

トド子と呼ばれた男が、泣きながら頷いた。ファンデーションを塗りたくった顔の上に、涙で流れたマスカラが黒い筋を作っている。

「間違いないわ。この子はあたしの命の次に大切な社長よ…！」

涙と鼻水で声を詰まらせ、トド子が強く猫を抱いた。

「だからなんなんだ。その社長ってのは」

まさか腕に抱いた猫の、名前ではあるまい。

希望的な問いをこれ以上口にする気も失せ、狩納は一人と一匹を見下ろした。

唯一の救いがあるとすれば、丸太のようなトド子の腕のなかで、猫が懸命に蹴りを繰り返していることだけだ。初めてこの猫に心意気を感じた瞬間だった。

「トド子ちゃんの猫を、綾ちゃんが保護してくれていただなんて…」

改めて嘆息《たんそく》した染矢の視線の先で、一心にトド子の背中を見守っていた綾瀬が、軽く鼻を啜り上げた。

中華《チャイナ》風の半袖シャツを身に着けた綾瀬は、いつも以上に小柄に見える。

「やっぱりニゴには、ちゃんと名前があったんだ…」

嚙みしめるように呟かれ、狩納は立ち上がると、煙草のフィルターへ歯を立てた。

綾瀬が助けた猫の飼い主に心当たりがあると、染矢から電話が入ったのは昨夜のことだ。唐突な話に、驚いたのは綾瀬よりもむしろ狩納だった。

二十五万円は野良猫ではないと、確信はしていた。しかしまさかその飼い主が、染矢の店の従業員だったとは思いも寄らなかった。

「お店の近くの動物病院で、ワクチンを打ってもらう予定だったのよ。それが急に、お店からいなくなっちゃって……」

トド子の許から猫が逃げたのと、綾瀬が染矢の店の周辺で猫を目撃したのとは、時期的にも一致する。染矢の店から逃げた猫は、土地勘がなかったせいか飼い主の許へ戻れず、狩納の事務所の側まで流れてきてしまったのだろう。

「喉元に白い斑《まだら》がある、目つきの悪い黒猫だって言うじゃない。まさかとは思ったんだけど……」

信じがたいといった様子で、染矢が泣き崩れるトド子と綾瀬とを見比べた。

「あたし、生きて二度と社長のこの可愛いネクタイ柄が見られるだなんて、思ってなかったわ」

嗚咽《おえつ》を止められないまま、トド子が二十五万円の胸元を撫でる。

確かに、胸元に浮かぶ白い斑は、ネクタイのように見えなくもない。改めてそう考えると、猫を社長と呼ぶトド子に、いっそうの嫌悪感が増した。

「……いいのかよ、綾瀬」

苦い煙草の煙を吐き出し、狩納が苛々と少年を振り返る。

正直狩納は、トド子と猫を引き合わせることに消極的だった。猫を厄介《やっかい》払いできることを、喜ぶ気持ちがないわけでもない。

しかしそれ以上に、綾瀬が落胆することを狩納は畏れていた。

本当に、このまま猫を手放してよいのか、と。昨夜から何度も問うてきたが、綾瀬は淡く充血した瞳で微笑んだ。

「飼い主さんが見つかって、本当によかった…」

その気になれば、以前の持ち主が誰であろうと、猫を綾瀬の手元に留め置くことはできる。しかし綾瀬は、決してそれを狩納にねだろうとはしなかった。

「ニ……社長、すっごく嬉しそう…」

心底からの喜びを口にする綾瀬に、心の端が痛む。猫が幸せになれるなら、自分が受ける痛みなど、綾瀬には関係がないのだろうか。

その潔《いさぎよ》さと自己愛の薄さが、いつでも身勝手なだけの狩納を苦しめた。

「…ちゃんとした猫を、買ってやる。あんな目つきの悪いやつじゃなくて…」

言葉を重ねようとした狩納に、綾瀬がそっと、首を横に振る。

「ありがとうございます。でも本当に、いいんです。狩納さんが、あの猫を助けてくれただけで。猫が欲しかったわけじゃないから…」

静かに告げて、綾瀬は狩納を心配させないよう、明るい笑みを作った。

「ごめんなさい、綾ちゃん……」

涙に濁った謝罪が、低い位置からもれる。不機嫌な眼をした猫を抱き、トド子が新しい涙を溜めて綾瀬を見た。

「社長のことで、随分心配かけちゃったでしょ。社長、とっても格好いいから、綾ちゃんもきっと、情が移っちゃったんじゃないかって、心配で…」

レースで縁《ふち》取《ど》られたハンカチで顔を拭いながら、トド子が暴れる猫に頬ずりする。

染矢の視線もまた、心配気に綾瀬を見た。先程から、従業員の猫が見つかったにも拘わらず、染矢が手放しで喜べなかった理由もそこだろう。

「短かったですが、社長と一緒に暮らせて嬉しかったです。俺、猫を飼ったことないから、上手く世話ができたか解らないけど…」

そうさっぱりと笑った綾瀬に、トド子が大きく鼻を啜り上げた。

「綾ちゃん…っ。あなた、本当にやさしいのね…」

涙ぐむトド子に、綾瀬が視線を伏せる。

「…ところで、社長ってもしかして、狩納さんとお揃いの社長なんですか?」

今更な問いを口にした綾瀬に、狩納はぎくりとして息を詰めた。琥珀色の瞳が、好奇心に輝いている。質問を取り消させようとした狩納に構わず、トド子が力強く頷いた。

「当たり前じゃない。この凜々《りり》しい眼! 格好いいネクタイ柄! この子を見た時直感したのよ。これは神様があたしに下さった狩納社長だって…!」

「やめろ。気色悪い」

黙っていられず、狩納が低く吐き捨てる。

「でもね、そんな大切な社長だけど、綾ちゃんが綾ちゃんの社長と交換してくれるなら…。あたし、社長と離れても、生きていけるかもしれない」

「な…っ」

思い詰めた声で切り出され、狩納はぎくりとして煙草を取り落としそうになった。

反射的に、綾瀬を振り返る。狩納の視線に気づいたのか、綾瀬が困惑したように男と猫とを見比べた。

「綾……」

ペットじゃない。


「あら、綾ちゃん。いい話じゃない」

狩納をちらりと窺った染矢が、男の言葉を遮り無責任に手を叩く。

「てめぇ…」

絶対に、絞め殺してやる。

腕を振り上げた狩納を、戸惑う綾瀬が見上げた。

「猫の社長と暮らすの、すごく楽しかったけど……。社長は、トド子さんと一緒にいたいみたいだから……」

だから、交換はしない。

そう告げた綾瀬の唇を、狩納は耳を疑い見下ろした。

「そうよね。社長は、あたしのこと愛してくれてるものね…」

ほんの少し、残念そうな響きを込めて、トド子が抱いた仔猫へ顎を埋める。

俺は絶対に、愛してなどいない。

猫に代わり吐き捨ててやりたい気持ちで、狩納はぎりぎりと奥歯を噛みしめた。

これ以上この化けものたちを、部屋に留《とど》めておく理由もない。一秒でも早くつまみ出そうと、狩納は内線に手を伸ばした。

「それにあたし、この子の治療費を社長に返済《へんさい》していかなきゃならないから…」

殊勝《しゅしょう》に肩を落としたトド子に、綾瀬が顔を曇らせる。綾瀬の心の内を察したように、トド子が気丈《きじょう》な笑みを見せた。

「大丈夫。あたし覚悟はできてるわ。……社長！　この体、好きにしてっ」

立ち上がると同時に、両手を広げたトド子を、狩納が思いきり蹴りつける。

「気色悪いこと言ってんじゃねえっ」

一喝《いっかつ》すると同時に、狩納は事務所への扉を開いた。

「猫の入院費とその後かかった費用は、久芳に書類を作らせてある。感謝しろ。百万以内にしといてやった」

「遠慮しないで、社長！　あたし、おっぱいの大きさには自信があるのっ」

「黙れっ」

容赦のない怒声を叩きつけ、部下を呼ぶ。久芳に事務所へと引き摺られながらも、トド子は黒い猫をしっかりと胸に抱いていた。

「残念ねえ。トド子ちゃんは、うちの店一番の巨乳だったのにぃ」

きれいな声で笑った染矢が、トド子の後を追い、社長室の扉を開く。口の減らない幼馴染みを、狩納は鋭利な視線で一瞥《いちべつ》した。

「そんな怖い顔しないで。綾ちゃんの気が変わっちゃうかもよ？」

ちらりと、肩越しに綾瀬を振り返られ、狩納は双眸を細めた。

「なにがだ」

ペットじゃない。


あたたかみなど微塵《みじん》もない狩納の声に、染矢が眉を吊り上げる。

「綾ちゃん、せっかく猫じゃなくて、旦那を飼ってくれるって言ったのに」

猫を思わせる光る目が、にっと笑って狩納を見た。

男が双眸を見開いたのは一瞬で、すぐに怒りに犬歯を剝き出す。

「染矢っ」

びりびりと、空気が振動しそうな怒号の激しさに、染矢が首を竦めた。素早く身を翻した肢体が、綾瀬に手を振り事務所へと消える。

「俺は綾瀬のペットじゃねえぞッ」

吐き出した言葉に、喉の奥が熱く痛む錯覚《さっかく》があった。同時に、鳩尾《みぞおち》をひやりと冷やす、嫌な悪寒《おかん》をも否定できない。

まさか。

黒い猫を、社長と呼んで目を細めた綾瀬の笑みが、喉元を締め上げる。あのきれいな琥珀色の目には、自分と猫とが、大差なく映っていたとしたら。

否定しようにも、そうできる要因など、なに一つないのだ。

「か、狩納さん…?」

勢いよく閉ざした扉へ、どかりと、力任せに拳を打ちつける。体を竦ませた少年を、狩納は怒りを帯びたままの双眸で振り返った。

「お前は、どうなんだ」

唐突な問いを向けられ、淡い唇がふるえる。

「え…？」

薄く開かれた唇を見詰め、狩納は細い二の腕を摑み取った。

「…わっ」

力任せに引き寄せた体を、閉じた扉と自分の体との間に封じ込める。

痛みを呑み込んだ白い喉が、怯えるように上下した。その喉元へ、今すぐにでも齧《かじ》りついてしまいたい。

衝動のまま、なめらかな頰を掌で包むと、微かにしめった吐息が触れた。

「猫の都合じゃなくて、お前は俺と猫と、どっちと暮らしてえんだ」

逃げられないよう、自らの体と扉との距離を詰め、狩納は腹の底からの問いを向けた。

猫はきっと、元の飼い主との生活を望むだろう、と。綾瀬はそう言って、猫との暮らしを諦《あきら》めた。

しかしそれは必ずしも、狩納との生活を選んだ結果とは言いがたい。

「ど、どっちって……」

思いも寄らない問いにびっくりと、綾瀬が目を丸くする。

きれいな、目だ。

一欠片の嘘さえ口にしても、曇ってしまうであろう目に、狩納は顔を歪めた。

どうしてこれほど、自分は分《ぶ》が悪いのか。自らを決して許そうとしない声音も、素直すぎる瞳も、全てが狩納の思い通りにはならない。

無意識に、鋭い舌打ちの音がもれる。

子供じみた苛立ちなのは、自分でも口惜《くちお》しいほどよく解っていた。

「そ……」

怒りを帯びた狩納の双眸に見据えられ、綾瀬が戸惑うように息を詰める。その唇が、答えを紡《つむ》ぎ出す前に、狩納は口で唇を塞ぎ取った。

「狩……っ」

上擦った悲鳴さえも、甘い。

密着した体を、すり合わせるように抱き竦めると、柔軟な肢体が強張った。それだけで、どろりと際限のないような熱が溜まる。

愛玩《あいがん》動物には、覚えようのない情動だ。あるいは、その逆でもいい。

「やっぱ言うなっ」

本当の答えなど、知りたくない。

子供じみた叫びを上げて、狩納は白い綾瀬の喉へ、齧りついた。

お金じゃないっ

鼓動《こどう》が跳《は》ねる。

耳の奥も、胸も、全てがどくどくと音を立てて、うるさいほどだ。

伸ばした左手が、アタッシュケースに触れる。持ち上げると、掌《てのひら》にずっしりとした重さが食い込んだ。

鼓動が、また速さを増す。

大きく口を開き、祇園寅之介《ぎおんとらのすけ》は息を吸った。吸って、吐いて、また深く吸い込む。

ひやりと冷えたタクシー内の空気が、肺に浸透《しんとう》した。だがいくら深呼吸を繰り返しても、胸の鼓動は鎮《しず》まらない。このまま心臓が刻む鼓動の早さで、踊り出せそうだ。

アタッシュケースを握り締めたまま、右の腕を座席に這《は》わせる。

冷房に冷えた手が、指先に触れた。無機質なアタッシュケースとは、まるで違う。なめらかな人肌は、それだけで溺《おぼ》れてしまいたくなるほど心地好い。

不安そうな瞳が、自分を見る。

琥珀《こはく》色をした、大粒の瞳だ。間近から見詰めると、吸い込まれそうな錯覚《さっかく》を覚える。

左手に、ずっしりと重いアタッシュケース。

右手に、綾瀬雪弥《あやせゆきや》。

その二つが今、手のなかにある。夢に思い描くことさえ恐ろしい、最高の状況設定だ。二十年と少しの人生のなかで、こんな幸福があっただろうか。

ぐっと、祇園は綾瀬の指を握り締めた。

同時に、二十年と少しの人生のなかで、こんな危険な場面があっただろうか。

人生の歯車を、一時間前に戻せたら。


「えー。本日はお日柄《ひがら》もよく……」

淀《よど》みなく口上《こうじょう》を並べようとして、思わず口を噤《つぐ》む。

「……ってごっつい暗雲立ち込めてるっちゅーねん」

唸《うな》り声をもらし、祇園は目深《まぶか》に被《かぶ》った鳥打帽《ハンチング》を押し上げた。天を仰いだ額《ひたい》に、白っぽい金髪が落ちる。派手な髪の色や、耳で光る銀色のピアスさえ、今日は力なくくすんで見えた。

新宿《しんじゅく》の上空は祇園の気持ちを映し取ったかのように、どんよりとした雲に覆《おお》われている。

「どないしよ」

呻《うめ》き、祇園は手にしていたアタッシュケースに目を向けた。

銀色に輝くそれは、ずっしりと重い。膝《ひざ》の出たジーンズに、プリントシャツを身に着けた祇園が持つには、不似合いな鞄《かばん》だ。

実際そのアタッシュケースは、祇園の持ちものではなかった。

貴重品を運搬《うんぱん》するためには、相応の鞄を用意しなければならない。そんな気持ちから、在籍《ざいせき》している大学院の研究室より、拝借《はいしゃく》してきたものだ。多分、教授か院生の私物だろう。

しかし詰め込まれているものは、貴重品からはほど遠い。長年蒐集《しゅうしゅう》してきた秘蔵写真や雑貨など、祇園にしか価値のないものばかりだ。

「天気がようても、あの人の機嫌《きげん》がええとは限らんしな」

鳥打帽を被り直し、目の前の扉《とびら》を見る。

頑丈《がんじょう》そうな扉の脇には、帝都金融《ていときんゆう》と書かれた看板が掲《かか》げられていた。

銀色に輝くそれは、機能的なうつくしさを備えている。いかにも手堅そうな、会社への信頼感を高めてくれる看板だ。

「見た目って恐ろしいわ。これやとまるで、ここが真っ当な会社みたいやん。……って、一応真っ当な会社か、一応」

自分のことは棚に上げ、祇園はごしごしと看板をこすった。

いまだ学生の身分ながら、アダルトビデオの撮影に拘《たずさわ》る自分は、世間的には真っ当な部類ではないだろう。撮影するだけならまだしも、時には女優に抜擢《ばってき》した女の子を巡《めぐ》って、人には言えないような騒動に巻き込まれることもある。

　現在の祇園が、まさにそれだった。

　半年ほど前から、祇園は知人が経営するビデオ制作会社に出入りしていた。社員などほとんどいない、ちいさな下請《したう》け会社だ。

　その会社の企画のため、祇園が女の子を勧誘したのが二週間前。愛くるしい童顔で、小柄だが肉感的な体つきが魅力的な娘だった。

　この娘《こ》は売れる。企画に携《たずさ》わった人間全てが、そう確信した。

　女の子もすぐに出演を快諾《かいだく》し、撮影は滞《とどこお》りなく進んだ。しかし宣伝用の写真まで撮ったところで、突然女の子が泣きながら事務所へ駆け込んで来た。

　しかも、一人ではない。彼氏だという男を伴ってだ。自分の恋人は、アダルトビデオへの出演など、望んでいなかった。どうしてくれるのだと、男は凄《すご》んだ。

　女の子から出演同意書をもらっていると言っても無駄だった。

　新見《にいみ》と名乗るその男は、明らかに堅気《かたぎ》ではない。所属する暴力団の名前をちらつかせ、新見は恋人への慰謝料《いしゃりょう》と、自分の面子《メンツ》を潰《つぶ》したことに対する誠意を示すよう要求した。

　美人局《つつもたせ》だ。

　すぐに悟ったが、どうしようもなかった。

　一週間後までに、三千万円。

なにがあっても払え。そう脅《おど》す新見に、祇園は頭を抱えた。

更《さら》に悪いことに、連日新見から執拗《しつよう》な催促《さいそく》を浴びせられる最中、最悪の知らせが入った。

会社の責任者である、祇園の知人が逃げたのだ。

目の前が、真っ暗になった。

同時に、これで諦《あきら》めてもらえないかと、微《かす》かな希望も湧いた。しかし現実は、それほど甘くない。

正式な社員でも、まして責任者でもない祇園に、新見の矛先《ほこさき》が向けられたのだ。

最初に女の子を勧誘したのが祇園であり、逃げた男の友人だというのが相手の言い分だった。

友達だなどととんでもない。自分は全く無関係だと訴えたが、すでに男たちの標的は祇園に定まっていた。

「やっぱ、騒ぎになった途端《とたん》、マッハで逃げとくべきやったな」

ずるずるとつき合ってしまったのが、運のつきだ。

「……ああ、この品行方正なぎょんちゃんともあろうもんが、高利貸しから金借りようなんて、ありえんにもほどがある」

呻き、祇園は掌を看板に押しつけた。

三千万円もの大金を、ここで借りたら一体どれほどの利息《りそく》を取られるのだろう。

そもそも、借りられるのかどうか。担保《たんぽ》などなにもない。このアタッシュケースに詰めたがらくただけが、命綱《いのちづな》だった。

「知り合いやからって、無担保で金貸してくれる人やあらへんし…。万が一貸してくれたとしても、鬼のように利息取られて……あかんあかんあかん！　チンピラから逃げるために、こんな極悪非道暴力社長から金借りるなんて愚《ぐ》の骨頂《こっちょう》や」

やっぱ、やめや。

頷《うなず》き、踵《きびす》を返そうとした祇園の足元に、黒い影が落ちる。

「なにかご用ですか」

背後からかけられた声に、祇園はぎゃっと叫んで飛び上がった。

振り返った視界に、背の高い男が映る。まだ蒸《む》し暑い季節にも拘《かかわ》らず、男はスーツの上着を羽織《はお》り、きっちりとネクタイまで締めていた。

「い、いややなあ、驚かさんといてぇな。久芳《くば》君」

平静な声を出そうとして、言葉に詰まる。

いつの間に、真後ろに立たれていたのだろう。全く気づかなかった。

無感情な目で自分を見る久芳は、この帝都金融の従業員の一人だ。

暴力社長だと言った言葉を、聞かれただろうか。

「き、今日もええ天気でんなー。久芳さんは今外回りから帰らはったんすか。いつも熱心にお疲れさまです」

愛想のよい笑顔を作る祇園に、久芳が眉根を寄せる。胡散臭《うさんくさ》そうに、その目が曇天《どんてん》を見上げようとした。

「こ、細かいことはええやないですか。兄《にい》さんは今、事務所？」

空が見えないよう頭上で両手を振り回し、祇園が大声を出す。兄とはいっても、勿論《もちろん》血が繋《つな》がった兄弟という意味ではない。目上の人間に対する、敬称のようなものだ。

「狩納《かのう》社長にご用ですか。少々お待ち下さい」

「へっ？　違う違う！　待っ……」

社長が社内にいるかどうか尋《たず》ねはしたが、会いたいとは言っていない。そう訴えようとした祇園をよそに、久芳が事務所の扉を開いた。

蛍光灯の明かりで満たされた事務所が、二人を迎える。曇天の屋外とは対照的に、くすみのない明るさが目に染《し》みた。

灰色の絨毯《じゅうたん》が敷き詰められた事務所は広く、埃《ほこり》一つ落ちていない。磨き上げられた受付カウンターの向こうに、従業員用の机が並んでいる。極めて平穏に見える事務所を、祇園は眺め回した。

洗練された看板同様、事務所には荒《すさ》んだ雰囲気は微塵《みじん》もない。

「社長は？」

声を投げた久芳に、机に着いていた従業員が振り返った。

こちらも久芳同様、スーツの上着を身に着け、きちんとネクタイを締めている。だがなにより目を惹《ひ》くのは、その容貌《ようぼう》だ。

淡泊《たんぱく》に整った鼻筋も、落ち着いた双眸《そうぼう》も、男は久芳と鏡で映し取ったようによく似ていた。見慣れているはずの祇園でさえ、思わず見比べたくなるほどだ。一卵性の双生児とはいえ、二人はあまりにも似すぎていた。

恐ろしいことに、この二人が酷似《こくじ》しているのは外見だけではない。祇園は彼らが声を上げて笑っている姿を、見たことがなかった。そもそも表情の変化そのものが、二人とも恐ろしく乏《とぼ》しいのだ。

「社長は外出中です。もうすぐお帰りになると思いますが」

平坦《へいたん》な声で、男が応える。その手元で、電話が呼び出し音を上げ始めた。頷き、久芳が祇園を振り返る。

「ご用件はなんでしょうか。お急ぎでしたら、私が承《うけたまわ》っておきますが」

久芳の目が、ちらりと祇園のアタッシュケースに落ちた。敏感にそれを察知し、祇園が重たい鞄を持ち上げる。

「ご用っちゅうか、なんちゅーか…」

口籠《ごも》った祇園の尻《しり》ポケットで、低い唸りが上がった。携帯電話の着信を知らせる振動に、祇園が飛び上がる。

「や、やっぱり、待たせてもらおかな。いやいや、久芳さんの手ェ煩《わずら》わせるほどの用件やないねん。おとなしゅうしとるさかい、お構いなく!」

慌《あわ》てて携帯電話を摑《つか》み出すと、祇園は事務所の奥にある扉へ急いだ。

「社長をお待ちになるなら……」

「ほんま、お構いなく！」

事務所のソファを勧めようとした久芳を断り、社長室の扉を開く。

事務所同様、広く清潔《せいけつ》な部屋が祇園を迎えた。

南側に設けられた大判の窓から、遅い午後の陽射《ひざ》しが滲《にじ》んでいる。部屋の中央に事務机が据えられていたが、今はそこに着く主人の姿はない。

「ぴーぴーぴーぴーうるさいやつやなあ」

携帯電話に表示された発信先に、祇園が顔を歪《ゆが》めた。

「……新見さん。電話はまずい言うたやん」

通話ボタンを押し、低く囁《ささや》く。

「黙れ。今どこにいる。お前まで行方晦《くら》まそうたって、無駄だぜ。今、人を使って探させてる。手間かけさせずに、金持ってさっさと来い」

「……探しとる？　俺をかいな。なんでやねん。逃げてなんかおらへんて」

声をひそめたまま、祇園がアタッシュケースを下ろす。携帯電話の向こうからは、派手な音楽が響いていた。

「だったらどうして俺んとこに顔出さないんだ」

「……せやから、今金を作っとる最中やんか。約束の期日まで、まだ二日もあるやろう」

阿《おもね》るように声を和《やわ》らげ、時計に視線を落とす。新見が机に拳《こぶし》を叩きつけたのか、鈍《にぶ》い音が届いた。

「言い訳はもういい。早くしろ！」

「……解ったわ。こっちも期日一杯、金策してるからそう急《せ》かさんといて」

うろうろと部屋を歩き、祇園は鳥打帽をむしり取った。まだ悪態をつきたそうな新見に、適当な挨《あい》拶《さつ》を告《つ》げて通話を切る。

「逃げへん、金は作る…か。大きく出たもんやな、俺も」

呻き、祇園は接客用のソファへ腰を落とした。黒い革張りのソファが、包み込むように祇園の体を受け止める。目を閉じると、このまま眠ってしまえそうだ。

「やっぱここで、金借りるしかあらへんわけか…」

顔を歪め、天井《てんじょう》を見上げる。

壁紙と同じ象牙《ぞうげ》色の天井には、染み一つない。

この天井は今まで、一体どれほどの商談を見詰めて来たのだろう。金を借り喜んで帰った客もいれば、泣かされた客も多かったはずだ。いずれにしても、彼らがその後安定と幸福を手にできたかは疑わしい。こんな高利貸しの扉を叩いた時点で、その経営者の命運はほぼ決まっているのだ。

「兄さんに事情を話す言うてもなぁ…」

自分の言葉の虚《むな》しさに、溜《た》め息《いき》が出る。

涙ながらに事情を説明したとしても、ここの社長が心を動かすとは思えなかった。むしろ自分の間抜けさを笑われるのが落ちだ。

重い体を引《ひ》き摺《ず》り、祇園は沈痛な表情で無人の机を見た。大きな机は、そこに座る主人を欠いていても、堂々と重厚な姿を誇っている。

目を瞑《つぶ》るまでもなく、祇園は机に着く男を思い描くことができた。

首筋のあたりが、寒くなる。生き馬の目を抜くこの街に暮らす男は、想像のなかでさえ黒々とした凄味《すごみ》を纏《まと》っていた。

「兄さん、ぎょんちゃんを助ける思て、なんも言わんと金貸したって！」

叫び、祇園が机へと取り縋《すが》る。

予行演習とはいえ、本当にそこへ社長が座っているかのように、祇園は平伏《ひれふ》した。

「いやなに、この鞄一杯で構わへんのや。兄さんにはほんの端金でっしゃろ⁉」

自分が携えてきたアタッシュケースを、ばんばんと叩く。

「勿論タダでとは言いまへん、最高の質草《しちぐさ》持って来ましたんや！　まあ見てえな、こんなかに…」

手にしたアタッシュケースを開こうとして、祇園は動きを止めた。

「……あれ。なんや、こっちにも鞄があるやん」

取り縋っていた机の陰から、銀色の鞄が覗《のぞ》いている。眉根を寄せ、祇園は膝立ちのままそれを引き寄せた。

机の足元から引き摺り出したそれは、ずっしりと重い。訝《いぶか》りながら、祇園は金属製のアタッシュケースを絨毯に据えた。

大きさは、祇園が持ち込んだものとほぼ同じだろう。しかしこちらの方が、頑丈そうだ。

「よう似とんなあ。まあどれも、同じような作りか」

四角い鞄を、しげしげと見下ろす。

ここは金融業者の事務所だ。仕事柄、当然現金を持ち運ぶ機会は多い。手提《てさ》げ金庫だけでなく、こうしたアタッシュケースを使用することもあるだろう。

そう考えて、祇園は微かな違和感に行き当たった。

何故《なぜ》そんな大切な鞄が、机の下に置き去りにされているのか。

「社用の鞄やないんやろうか」

仕事に無関係な私物だからこそ、事務所に置いて出かけたのかもしれない。それでは、社長の個人的な持ちものとはなんだろう。

もしかしたら、社長が囲う愛らしい生きものに関係しているのだろうか。

考えた途端、好奇心に鼓動が跳ね上がった。

「……あかんあかん、今日のぎょんちゃんが用があるのんは、トランク満杯《まんぱい》の札束ちゃんだけやないの」

雑念を振り払うように、大きく首を横に振る。

そうだ。今の自分に必要なのは、社長の私生活を覗き見ることではない。そんなことよりもむしろこのアタッシュケースに、一杯の札束が詰まっていたら。

あり得ない幸福を思い描き、祇園はにんまりとした。

「そん時は持って逃げるしかあらしまへんやろ。逃げ足と変わり身の早さがぎょんちゃんのチャームポイントやし」

きしししし、と笑い、立ち上がる。体を支えるために机の縁《へり》を摑むと、なにかが足元に転がり落ちた。

「なんやこれ。……鍵《かぎ》?」

ちいさな金属片が二つ、ぶつかり合って音を立てる。

複雑な凹凸《おうとつ》を持った鍵は、建物の扉を施錠《せじょう》するためのものとは明らかに違う。それは丁度《ちょうど》、祇園のアタッシュケースの鍵とよく似ていた。

「そんなあほな」

一笑に付《ふ》そうとして、上手く笑えない自分に気づく。

どくりと、左の胸が騒いだ。

緊張と好奇心に、一瞬視界が鮮明になる。

やめておけ。相手は、あの社長だ。

解っていたが、抗えない力が鞄にはあった。

ここは、密室ではないか。多少の冒険なら、許されるべきだろう。

本能的に体を低くして、周囲を見回す。見咎《みとが》める者がいないことを確かめ、祇園は机の陰に身を隠した。

アタッシュケースには、左右二つの鍵穴がある。手にした鍵を、同時に差し込んだ。

「ビンゴ！」

思わず、ちいさな歓声が上がる。

なんの抵抗もなく鍵穴に滑り込んだ鍵を、祇園は息を詰めて回転させた。

かちりと微かな音を立てて、鍵が外れる。

「…嘘《うそ》やろ、開いてもうた」

薄く開いた上蓋《うわぶた》に、祇園は呻いた。

アタッシュケースには、差し込み式の鍵の他に、数字合わせ式の鍵がついている。しかし差し込み式の鍵を回しただけで蓋が開いたということは、もう一つの鍵は最初からかけられていなかったということだ。

社長の持ちものと思《おぼ》しき鞄が、これほど容易《たやす》く開いてよいものだろうか。その呆気《あっけ》なさに、愕然《がくぜん》とした。

「どうでもええようなもんなんやろか」

貴重品でないからこそ、社長はこの部屋に鞄を置き去りにしたに違いない。

「どーでもええようなもんなら、ちょこっと拝《おが》ましてもろても罰は当たらんわな」

鼻唄を歌いたいような気持ちで、上蓋を押し上げる。

その途端、息が詰まった。

どっと、背中に冷たい汗が滲《にじ》む。

なにも考えられず、祇園はばたんと蓋を閉じた。蓋を押さえた手が、目に見えてふるえてくる。

「…………」

大きく、息を吸う。

再び、祇園はそっと蓋を持ち上げた。覗き込んだ双眸が、限界まで見開かれる。

間違いない。

アタッシュケースに詰められているのは、現金だ。

それも、半端《はんぱ》な量ではない。

「祇園さん？」

耳に届いた声音《こわね》に、ぎょっとする。

弾《はじ》かれたように腰を浮かすと、張り出した机の縁に肩がぶつかった。

「ぐっ」

飛び出しそうになった悲鳴を、必死《ひっし》で堪《こら》える。

恐ろしい勢いで振り仰ぐと、扉が外側から開かれた。

「あれ？　祇園さん？」

薄く開いた戸口から、人影が社長室を覗き込む。

コーヒーカップを載《の》せた盆《ぼん》を手に立つ姿は、未熟な少女のようだ。やさしげに整った容貌からも、瞬時に性別を判断することは難しい。

実際その性別を知る祇園でさえ、いつでも綾瀬を目にする瞬間には新鮮な驚きがあった。

小柄な体つきは勿論だが、その肌の白さが少年から男性的な雰囲気を殺《そ》いでいる。淡い光を浴び、綾瀬の肌はいつも以上に白く、透明に輝いて見えた。

「あ、綾ちゃん…」

「…どうしたんですか、そんな所で」

琥珀色の瞳が、大きく見開かれる。

容姿同様、綾瀬の声音は甘くやさしい。しかし驚くべきことに、綾瀬はこの帝都金融のアルバイト社員なのだ。

社長が綾瀬をアルバイトとして雇い入れたと聞いた時、祇園は愕然とした。だがそれも、社長が少年と暮らし始めたと聞いた時の衝撃に比べれば、ちいさなものと言える。

「な、な、なんでもございませんよ」

机の陰から、祇園は精一杯の笑顔を向けた。

立ち上がろうとして、祇園は自分の腕が、しっかりとアタッシュケースを摑んだままでいることに気がついた。

「祇園さん？」

はっとして動きを止めた祇園を、綾瀬が訝しがる。慌てて、祇園はアタッシュケースから指を引き剝《は》がした。

だが目は引きつけられたように、鞄から離れない。

離せる、わけがなかった。

たった今自分の目で見たものながら、俄《にわか》には信じがたい。

「せやから、なんでもあらへんて。おっ、綾ちゃん、もしかしてコーヒー淹《い》れてくれたん？」

話題を逸《そ》らし、素早く鞄を閉じる。祇園の動揺に気づかない様子で、綾瀬が頷いた。

「はい。……ええと、祇園さんは砂糖とミルクは……」

「いやもう、お構いなく！　俺、すぐに帰るから」

大きく手を振った祇園に、綾瀬が瞳を曇らせる。

「どうしたんですか、急に……」

しまった。

普段なら出されたものは塩水でも平らげ、腹の足しにして行く自分が、コーヒーを断るなどあやしすぎただろうか。

「な、なんちゅうの。ほら、あれや、綾ちゃんも忙しいんやろ。アルバイトの邪魔《じゃま》したら悪いし」

慌てて言い訳を並べ、扉越しに事務所の気配を窺《うかが》う。

先程祇園が入り口をくぐった時、事務所に綾瀬の姿はなかった。もしかしたら保護者である社長と、出かけていたのかもしれない。

そうなると、もう社長も帰社しているということだ。

「俺、今日はアルバイトじゃないんですよ。さっき、事務所へ届けものをしに来ただけで。給湯室《きゅうとうしつ》でコーヒーを淹れてたら、丁度祇園さんがいらっしゃったんです」

「じゃあ、兄さんはまだ帰ってへんのやな」

「もう少し待ってもらえれば、戻って来ると思うんですけど…」

申し訳なさそうに、綾瀬が眉を垂《た》れる。

綾瀬の表情の一つ一つは、決して大袈裟《おおげさ》なものではない。だがよく動く表情はどれも素直で、肩を落とす仕種《しぐさ》には見ている祇園こそが胸苦しくなった。

「気にせんといて。突然訪ねて来たんは、俺なんやし」

殊更《ことさら》明るい声を出しながら、内心祇園は歯軋《はぎし》りした。

ちらりと、机の陰に押し込んだアタッシュケースを盗み見る。

何故自分は、あの鍵を回してしまったのだろう。

瞼《まぶた》に焼きついた光景に、祇園は叫び出したい気持ちを呑み込んだ。

あんな現金は、滅多に見られるものではない。もう一度アタッシュケースを開き、確かめてみたい衝動を堪える。全てが夢でない証拠《しょうこ》に、さっき机にぶつけた肩はまだじんじんと痛んでいた。

帰社した社長は、祇園がアタッシュケースを無断で覗いた事実を、看破《かんぱ》するだろうか。そうなれば、借金を申し込むどころの騒ぎではなかった。

「いっそのこと……」

低い呻きが、唇からこぼれる。

喉《のど》から手が出るほど欲しい現金が、目と鼻の先にあるのだ。このまま社長から金が借りられなければ、祇園の命運は大きく陰る。

ならばいっそのこと、この現金を抱えて逃げた方が賢《かしこ》いのではないか。

ごくりと、息を呑む。

ソファを振り返ると、長い睫《まつげ》を伏せ、コーヒーを並べる綾瀬が見えた。

おっとりとした横顔は、この部屋に目玉が飛び出そうな現金が置かれているなど、まるで知らない様子だ。それどころか目の前の祇園が抱く悪心にさえ、気づいていない。

警戒心という言葉を、綾瀬は知らないのだろうか。懐《なつ》きづらい小動物のようでありながら、綾瀬はいつ見ても不安にさせられるほど無防備だった。

毒を食らわば皿までという言葉がある。どうせ逃げるなら、もう一つくらい事務所から失敬《しっけい》するべきだ。

現金と綾瀬、この二つを同時に手に入れられる機会など、これから先あるとは思えない。

「命懸《いのちが》けの逃避行《とうひこう》………なーんてな」

大きく息を吐き出し、祇園は自《みずか》らの妄想《もうそう》を嗤《わら》った。

そんな危険を、冒せるわけがない。自分にできることは、鍵とアタッシュケースを元の場所に戻すことだけだ。

ぐすんと、思わず祇園は鼻を啜り上げた。

「無理はしないのが一番ですよ」

「な、なにが？」

コーヒーを並べ終えた綾瀬が、祇園を振り返る。まるで心中《しんちゅう》を見透かされた心地がして、祇園は声を裏返らせた。

「腕…まだ痛むんじゃないですか？」

ほっそりとした指が、祇園の腕に伸びる。そこで初めて、祇園は綾瀬が言わんとすることの意味を察した。

「あ、ああ…、これか」

自らの右腕を、祇園が叩く。

二カ月ほど前、祇園は綾瀬が通う大学で階段から落ち、右腕を折る大怪我をしたのだ。

「大丈夫大丈夫。鍛え方が違うから」

「すみませんでした、あの時は本当に……」

「ほんまにもうなんともないて。俺なんかより、綾ちゃんの方が大変やったわけやし」

気遣った祇園に、綾瀬が瞳を曇らせる。

大学での一件が、脳裏《のうり》に蘇《よみがえ》ったのだろう。慌てて、祇園は綾瀬の肩を摑んだ。

「そんな顔せんといて！　また大学でなんかあるようやったら、いつでも言うてぇな！　ほら綾ちゃんの大学、可愛《かわえ》え娘も多いし、俺いつでも喜んで参上《さんじょう》するで！」

祇園の懸命《けんめい》さが、おかしかったのだろう。ほんの少し、綾瀬が笑った。

「……大学っていえば…、祇園さんって狩納さんと大学時代からのお友達なんですよね」

「………は？」

すぐには言葉の意味が呑み込めず、祇園が眉を寄せる。

お友達。

その言葉の明るさは、あまりにも場違いだ。

「な……なに言い出すのん。急に」

「俺、変なこと言いました？」

怪訝《けげん》そうな表情を作る祇園に、綾瀬が慌てる。眉を寄せたまま、祇園はソファに腰を下ろした。追いかけ、綾瀬もまたその向かいに腰を下ろす。

「卒業後もつき合いがあるのって、すごいなと思ったんですが…」

「そりゃあ、まあねえ……」

友達というその言葉の意味を、祇園は改めて嚙《か》みしめた。

これが綾瀬以外の口からもれた言葉ならば、痛烈な皮肉以外の何者でもない。だが幸か不幸か、この少年は本心からそれを口にしているのだ。

「さすがに、ここまでのつき合いになるとは思てへんかったけどな」

「祇園さんと狩納さんは、同じゼミとかだったんですか？」

呻いた祇園へ、綾瀬が新しい問いを向けてくる。視線を上げると、興味津々《しんしん》に輝く琥珀色の瞳と出合った。

「違《ちゃ》う違う。大学は同じやけど、知り合《お》うたきっかけは全然関係ないとこで……」

応《こた》えながら、胸の内で指を折って数えてみる。

祇園がこの帝都金融の社長と出会ってから、早いもので五年が経《た》とうとしていた。

「ゼミも違うのに、仲よくなったんですか？」

仲がいい。

これもまた、自分と社長との関係を表すのには不適切な表現だ。どう訂正すべきか迷い、祇園は頭を抱えた。

「なんちゅーかな、綾ちゃん。世のなかには腐れ縁っちゅー言葉があるっちゅうか、蟻地獄《ありじごく》というか……。そないに綾ちゃんが、目ぇきらきらさせて聞きたがるような話やないよ」

それでも、と、祇園が片目を開く。

学生時代の狩納の思い出話を、期待しているのだろうか。額を寄せた祇園を、綾瀬はおとなしく注視していた。

「その狩納兄さんのおかげで、打たれ強《づよ》ぅなったぎょんちゃんは、骨折からも奇跡《きせき》の復活を遂《と》げたわけやけど……」

にっと笑おうとした瞬間、視界が陰る。

否《いな》。正確には、陰るような錯覚があった。

「そりゃよかった」

低い声音が、全身を打つ。

その声を耳にした瞬間、ぞっと悪寒《おかん》が走った。まるで雷《かみなり》に打たれたように、祇園が飛び上がる。

「なんならもっと、鍛えてやろうか」

「に、に、に、に……」

ぎゃあっ、と、悲鳴を上げずにいられたのは奇跡に近い。全身を硬直させ、祇園は戸口に立つ長身を見上げた。

それまで広々として見えていた室内が、途端に窮屈《きゅうくつ》な空間へ変貌《へんぼう》したかのようだ。

見上げた視界に、大柄な男の影が落ちる。

この会社の社長であり、祇園の先輩にあたる、狩納北《そむく》だ。

「どうした、祇園。お前、真っ青だぜ?」

短く笑った狩納が、室内に踏み込む。それだけの動きにさえ、祇園は重い威圧感が自分を押し潰すのを感じた。

「お、お早いお帰りで……」

動揺を隠し、頭を下げる。

すぐに通りすぎた一瞥《いちべつ》に、祇園は凍りつくような冷たさを覚えた。端整な狩納の面立《おもだ》ちを、造形以上に鋭利に見せているのはこの眼光だ。

刃物で殺いだように、狩納が身に纏う陰影はいつでも残酷な気配を帯びている。甘さなど求めようのない気配は、すぐに直裁的《ちょくせつ》な暴力を連想させた。

「お帰りなさい」

やわらかな声と共に、綾瀬が席を立つ。

狩納の威圧感に、気圧《けお》されたのは祇園一人ではない。男を見慣れているはずの綾瀬でさえ、ちいさな驚きを拭《ぬぐ》えないのだろう。

微かに息を詰めていた少年は、穏やかな笑顔と共に緊張を解いた。

「今、コーヒー淹れてきますね」

盆を引き寄せた綾瀬の肩を、狩納が包み取る。ソファへ座るよう促され、綾瀬は戸惑いながら腰を下ろした。

「後でいい。それより祇園。なに勝手にこんなとこまで入り込んでやがるんだ」

綾瀬の肩に手を置いたまま、狩納が彼の座るソファの背後に立つ。真正面から狩納に見下ろされる形となり、祇園は息を喘《あえ》がせた。

「いや、あの、その……」

言い淀む祇園に視線を定めたまま、狩納がゆっくりと左手を動かす。猫でも撫《な》でる手つきで、狩納の掌が綾瀬の肩をさすった。

綾瀬は肉づきが薄いだけでなく、骨格そのものがほっそりとしている。ごつごつと骨張った狩納の掌が乗せられていると、それだけで痛々しく映った。

しかし同時に、それは興奮を呼び覚ます対比でもある。

ごくりと、祇園は自分の喉が鳴る音を聞いた。

白い肌は、掌で触れるとどんな感触がするのだろう。少し、冷たいのだろうか。それとも、吸いつくように、なめらかなのだろうか。

いずれにせよ、この狩納北が熱中する肉体だ。

熱中という言葉ほど、狩納に不似合いなものはない。しかし綾瀬に対する狩納の執着《しゅうちゃく》は、そうとしか呼べないものだった。

一時《いっとき》でも手放したくないと、綾瀬を撫でる男の指が物語っている。こんなふうに人に触れられる男だと、祇園は想像したこともなかった。

綾瀬は確かにうつくしい少年だ。それは祇園も認める。しかし綾瀬よりうつくしい女性が狩納の周囲にいなかったかというと、そうでもない。

むしろ狩納が今まで手元に置いて来たのは、豪奢《ごうしゃ》な美貌を誇る大輪の花ばかりだった。綾瀬のような、色の淡い、一見風も手折《たお》られそうな風情《ふぜい》の花になど、興味はなかったように思う。

それが今は、おっとりと小柄な、しかも男である綾瀬と、狩納は生活を共にしている。

余程《よほど》、綾瀬の肉体は魅力的なのだろうか。

祇園がそう勘ぐってしまうのも、無理はない。

「…っ…」

ぴくんと、綾瀬の痩《や》せた肩がふるえた。

琥珀色の瞳が、背後の男を振り返ろうとする。だが顎を辿《たど》る指がそれを許さない。

祇園の目には、狩納が決して強引な力を加えているようには見えなかった。それでも綾瀬の腕は、狩納を打ち払うにはあまりにも非力《ひりき》だ。

新しい興奮が、じわりと喉を焦《こ》がす。

例えば綾瀬の腕力が強く、狩納を振り払うに十分なものだったとしよう。そうだとしても、綾瀬は絶対に狩納を拒《こば》むことはできない。

何故ならば綾瀬は狩納に対し、莫大《ばくだい》な借財《しゃくざい》を抱える身なのだ。

狩納への借財が存在する限り、綾瀬にはどんな自由も許されてはいない。ただでさえ力弱い少年は、金銭の呪縛《じゅばく》によって完全に男の支配下に囚われていた。

「で、なんの用だ」

尋ねられ、祇園ははっと我に返った。

真っ直ぐな狩納の眼が、祇園を見ている。まるで心の底まで見透かされていそうで、更に喉がひりついた。

告白するなら、今しかない。

借金を、申し出るのだ。

さっきあんなに、練習したではないか。

自分自身を鼓舞《こぶ》し、祇園は大きく息を吸った。もし狩納がアタッシュケースを覗いた事実を看破したら、その時はその時だ。命懸けで会社《ここ》から逃げ出すか、居直るか。

「じ、実は……」

絞り出した声に、扉を合図《ノック》する音が重なる。

「失礼します。社長。江原《えばら》さんがいらっしゃっていますが、いかがいたしましょう」

扉を開いた従業員が、狩納に深々と頭を下げた。

「江原？　鷹嘴《たかのはし》の所のか」

「はい。今は、事務所でお待ちいただいています」

「解った。すぐに行く」

応えた狩納の掌が、白い頬《ほお》から退《しりぞ》く。

解放の瞬間、綾瀬の瞳がほっとゆるんだ。微かに潤《うる》んだ瞳を、薄い瞼が覆う。伏せられた睫の長さに、祇園は息を呑んだ。

「おい、祇園」

扉へ向かおうとしていた狩納が、唐突《とうとつ》に足を止める。驚き、祇園は腰を浮かせた。

「は、はいぃっ。もう帰りますっ」

「ここで待ってろ。話がある」

短く命じられ、祇園が眉間《みけん》を歪める。

「…え？」

狩納が祇園の用件に耳を貸すため、わざわざ社長室に残すとは思えない。むしろ祇園に対し、狩納こそ用事があると、そういう意味だ。

驚く祇園の視線の先で、狩納が床に置かれていたアタッシュケースを一瞥した。

「…っ！」

さっと、全身から血の気が引く。

やはり狩納は、祇園がアタッシュケースを覗いたことを看破していたのか。

声も上げられない祇園を残し、狩納が事務所へ消える。

「…お、俺、…新しいお茶、煎れてきますね」

席を立とうとした綾瀬を、祇園は両手で引き止めた。

「いやもう十分ですわ！　俺、急用思い出したから、これで失礼させてもらいます！」

一気に捲《まく》し立て、持ち込んだアタッシュケースを摑む。これ以上ここに留《とど》まっていては、危険だ。

本能的に、祇園は出口へと走った。

「…だって狩納さんが……」

「兄さんにはあんじょう言《ゆ》うといて！」

「でも…」

「今すぐ研究室戻らんと、ラットのヘルガちゃんが死んでまうかもしれへんのや」

勿論祇園は大学で、実験用のラットなど使用していない。口から出任せにも拘らず、綾瀬は心配そうに瞳を曇らせた。

「だ、大丈夫ですか…？」

「生きてたら今度ゆっくりデートしよな！」

俺が、という言葉を、どうにか吞み込む。大きく手を振り、祇園はアタッシュケースを抱え直した。

「えっ？　ちょ…っ、祇園さん、そこ、窓…っ」

綾瀬の悲鳴が、背後で聞こえる。構わず、祇園は通りに面した窓を開き、身を乗り出した。

眼下に伸びるのは、固い固いアスファルトだ。しかし迷っている暇《ひま》はない。狩納に捕まるよりはと、祇園は抱えていた鞄を放り投げた。

「あらよっと」

「や、やめて下さいっ！」

ばきばきと小枝を薙《な》ぎ倒し、重い鞄が落下する。上手く植え込みに落ちたことを確かめて、祇園もまた窓枠《まどわく》を摑んだ。

「大丈夫やって、もう腕折るようなへませえへんから」

にっと笑い、両足を下ろし窓枠にぶら下がる。思ったより近い位置に、階下の空調用室外機があった。

「よ…っ…」

体を揺すり、意を決して両手を放す。

「…ぅわっ」

勢いよく落ちた両足が、がつんと音を立てて室外機に乗る。やったと思った瞬間、上半身が大きく揺らいだ。

「痛《つ》…っ」

壁にへばりつこうとしたが、勢いを殺せず右肩から落ちる。

「……っ……」

右肩に、鈍い痛みがぶつかった。

すぐには起き上がれず、生い茂った植え込みで呻きを上げる。右肩が、ひどく痛んだが、幸《さいわ》い骨折をしている気配はなかった。

「…つ、つくづく丈夫にできとるな、俺…」

擦《す》り剝《む》けた腕をさすりながら立ち上がり、祇園は自分を注視する視線に気づいた。

突然二階から落ちてきた祇園に驚き、舗道を歩いていた女性が足を止めている。

平日の夕方でも、この界隈《かいわい》から人の姿は途切れない。道を行く幾人《いくにん》かが、同じように祇園の奇行に目を向けていた。

「どーも」

不審そうに顔を歪める女性へ、片手を上げ会釈《えしゃく》する。

痛む体で、祇園は頭上を振り仰いだ。

開け放された社長室の窓に、綾瀬の姿はない。祇園の行動に怯え、階下を覗く勇気もないのだろう。

綾瀬の顔を見られないことを残念に思いながら、祇園は舗道へ出た。下手《へた》に長居《ながい》していると、誰かに通報されるかもしれない。

そうでなくても、狩納に見つかるわけにはいかなかった。

痛みを堪え、先程投げ落としたアタッシュケースを拾い上げる。ずっしりと重いそれを抱え、歩き出した矢先、携帯電話が唸りを上げた。

「またかいな……。…はい、俺や。逃げやせんから、そう電話せんでも…」

「祇園、お前、今新宿か」

耳に押し当てた携帯電話から、新見の声が響く。男が口にした地名に、祇園は足を止めた。

「どこにおったかて関係ないやん。ちゃんと金は期日までに……」

何故電話の向こうの新見が、祇園の所在を知っているのか。嫌な予感に、殊更軽い口調を装《よそお》い、話をはぐらかす。

「期日も糞《クソ》もあるか。手前《てめ》ぇ、本気で逃げられると思ってんじゃないだろうな」

疑り深い言葉に、危険を知らせる警鐘《けいしょう》が頭蓋《ずがい》に鳴り響いた。

狩納へ借金を申し込めなくなったということは、約束の期日までに金を作る望みが断たれたも同然だ。他の手段を考えどうにか金を集めるか、あるいは電話の向こうで男が喚《わめ》く通り、逃げるしかない。

「なに言うてはるんや。疑い深い奴やなあ」

まるで逃げることなど念頭にない顔を作り、祇園は大袈裟に嘆いてみせた。

「じゃあ、お前が持ってる鞄はなんだ」

間髪《かんぱつ》を容《い》れずに怒鳴られ、祇園が息を詰める。

ぎくりとして、祇園は自らが提げたアタッシュケースを見下ろした。

「なんの話？」

「とぼけるな！　言っただろ、お前を捜してるって」

嫌な笑い声が、耳に貼りつく。

「お前が新宿をうろついてたのを、見てた奴がいるんだよ。鞄に現金詰めて、どこへ逃げる気だ。その金は、俺のもんだろ？」

ぎりりと、祇園は奥歯を嚙みしめた。

狩納の許を訪れる姿を、目撃されていたということか。それだけならまだしも、抱えていたアタッシュケースが、相手を勘違いさせたのだろう。

金を作ったはいいが、それを手放すことが惜しくなって祇園は逃げた。男が思い描いた妄想が、手に取るように解る。

実際祇園は金策のために新宿を訪れただけで、抱えた鞄に現金は一銭《いっせん》も入っていない。だがそれを説明することは、期日までに金を作れそうにないと告白するのも同然だ。

「見間違いちゃうん」

面倒なことになった。

舌打ちをしたい気持ちを堪え、気軽な声を出す。

「それはどうか、お前が来れば解る。一時間だけ待ってやる。今すぐ金持って……」

喚き続ける男の声が、不意に遠くなった。

視界で動いた人影に、はっとして顔を上げる。

通りを左折してきた人物が、祇園を見つけ足を止めた。まだ若い、二十代前半と思しき男だ。丸刈りにした頭に、濃紺の野球帽《キャップ》を被っている。

「げっ」

目が合った。

途端に、青年がぽかんと口を開く。だがその目はすぐに、獲物を狙う者の色へと塗り替えられた。

後ろに続いていたもう一人の男に、祇園を指さす。

「いたぞ！」

耳に届いた声に、祇園は走り出そうとした。その体が、なにかにぶつかる。

「わ…」

「ご、ごめんなさい」

指から携帯電話が滑り落ちたが、それどころではない。息を切らせた綾瀬が、肩を庇《かば》ってよろめく。

「あ、綾ちゃん!?」

「大丈夫ですか？　祇園さん、怪我は……」

慌てて駆けつけてくれたのだろうか。整わない呼吸のまま、綾瀬が祇園のシャツに絡んだ小枝を払う。

「な、なにしてんの、こんなとこまで…」

振り返れば、男たちが恐ろしい形相《ぎょうそう》でこちらへと迫っていた。

間《ま》が悪いにも、ほどがある。

狩納が綾瀬を外出させたがらないことは、祇園でも知っていた。綾瀬は事実上、男のマンションに軟禁《なんきん》されている身だ。その彼が、どうしてこんな路上に出て来たのか。

驚く祇園に、綾瀬が鳥打帽を差し出した。

「これ、忘れものですよ」

祇園が社長室に置き忘れた鳥打帽を、綾瀬はわざわざ届けてくれたのだ。

最悪の間合いに、祇園は愕然となった。

「待てって言っただろ」

「手前ェら二人共だ。動くなよ！」

太い怒鳴り声が背後で響く。そこでようやく気づいたのか、綾瀬がはっとして視線を上げた。

「一体……」

驚く綾瀬に、祇園が抱きつく。

「わ…っ」

悲鳴を上げた綾瀬に構わず、祇園は痩《や》せた体を抱え上げた。

通りを右折したタクシーが、こちらに近づくのが見える。

「タクシー！」

大声を上げ、祇園は車道に飛び出した。


「……あかん。どないしょ」

心地好い空調が、ひんやりと肌に触れる。

真っ白な座席カバーに包まれた後部座席で、祇園は呻いた。急速に暮れてゆく新宿の街が、窓越しに流れてゆく。

「……取《と》り敢《あ》えず、この辺ぐるっと走って、それから兄さんのとこに戻るしかないか…」

唸り、尻ポケットを探ってみるが、そこに携帯電話はない。

「結構高いやつやったのに…」

涙が込み上げそうになり、祇園は洟《はな》を啜《すす》った。

祇園は常に、複数の携帯電話を所有している。しかし今日は、先程落とした電話以外持ち歩いていなかった。

「大丈夫ですか、祇園さん。やっぱり傷、痛むんじゃないですか?」

すん、と鳴った鼻先に、よい香りが触れる。

清潔な石鹸《せっけん》の香りだろうか。視線を巡らせると、座席に手をついた綾瀬が祇園を覗き込んでいた。

「綾ちゃん……」

心配気な瞳と出合い、祇園は目を潤ませた。

「……さっきの人たちは…」

「すまんっ。綾ちゃん…っ」

勢いよくシートに両手をつき、祇園が平伏《へいふく》する。

「仕事でトラブルがあったんや。責任者が逃げてもうて……尻拭《ケツふ》かされる羽目になった俺が間抜けやったんやけど…さっきのは、金の回収のために俺を追っとる連中や。ほんま、巻き込んですまんかった」

深々と頭を下げた祇園に、綾瀬の瞳が見開かれた。

「だ、大丈夫なんですか、そんな……」

「綾ちゃんはすぐ帰れるよう、兄さんに連絡してやるさかい」

今頃、帰らない綾瀬に気づき、事務所は大変なことになっているだろう。

それを思うと、ずっしりと胃が重くなった。

もしかしたら、祇園が綾瀬を連れ出したと誤解されているかもしれない。半分は真実だが、半分は違う。

いずれにせよ、狩納が立腹《りっぷく》していることだけは確かだった。

「俺のことはともかく、祇園さんは……。誰か、力になってくれる人に、心当たりはあるんですか？」

無断で事務所を出て来てしまったことは、綾瀬にとっても一大事のはずだ。それにも拘らず気遣《きづか》われ、祇園は驚いた。

「…正直、八方塞《はっぽうふさ》がりなんや。ほんまは、狩納兄さんに金借りよかとも思ったんやけど…」

「だ、駄目ですよ、借金なんて……っ」

びっくりしたように、綾瀬が否定する。自分の声の大きさに気づいたのか、綾瀬が慌てて口を押さえた。

「ごめんなさい…。で、でもあれですよね。借りるって、個人的に狩納さんに都合してもらうって意味ですよね。…びっくりした。確かに祇園さんだったら、狩納さんも助けてくれるでしょうから…」

ほっと、綾瀬が安堵《あんど》の息をつく。

肩の緊張を解いた綾瀬を、祇園はまじまじと見詰めた。

祇園のためなら、狩納は無償《むしょう》で助力してくれると、綾瀬はそう言うのか。

勿論、祇園だってそうしてもらえれば嬉しい。だが狩納を相手に、そんなことが望めないのは火を見るより明らかだ。

「……無理やで綾ちゃん。相手はあの狩納北やで」

思わず口にした祇園に、綾瀬が首を横に振る。

「だ、だって、お友達じゃないですか。…大学時代からの……」

友達という言葉が、またしても胸に痛い。

綾瀬が口にするその言葉は、とてもうつくしかった。

狩納という人物にそんなうつくしい言葉が似合うと、綾瀬は本気で考えているのだろうか。そうだとしたら、綾瀬は本当にお人好《よ》しだ。

あるいは、と、祇園は低い唸りをもらした。

綾瀬にとっては、狩納はそうした信義《しんぎ》にあふれた人物なのだろうか。

「……あかん。想像できん」

情に厚《あつ》い狩納を想像しようとして、祇園は呻いた。

しかし以前と比べ、狩納が変わったのも確かだ。

冷淡な割り切りだけで生きていた男が、今は綾瀬のような少年に血道《ちみち》をあげている。そんな変化が、狩納のような仕事に就《つ》く男にとって、歓迎すべきことか、祇園には判断がつかない。

ただこの瞬間、綾瀬の不在に気づき、苛立《いらだ》ちを募《つの》らせているだろう狩納という男こそ、以前の祇園には想像できない存在だった。

「取り敢えず、俺、狩納さんに電話入れますね。出て来たことを連絡しないと…」

断り、綾瀬がジーンズのポケットから携帯電話を取り出す。

「頼むわ……」

電話番号を辿る綾瀬を見詰め、祇園は座席の背もたれに体を預けた。

ひりひりと、植え込みで擦った腕の傷が痛む。結局狩納の事務所へ戻る羽目になるのなら、鞄を覗いたことを咎められても、窓から飛ぶのではなかった。そうすればこんなふうに、綾瀬を巻き込まずにすんだのだ。甲斐のない後悔が浮かぶが、どうしようもない。

「……ところで、俺、兄さんとこまでのタク代あったやろか」

不穏に呟いて、祇園がジーンズのポケットを探《さぐ》る。

元々今日は、財布を持って出て来ていなかった。幾らかはポケットに入れていたはずだが、何度探っても紙幣《しへい》は見つからない。

「あれ？」

諦《あきら》め、手を引こうとした時、祇園はちいさな声を上げた。小銭とは違う固いものが指に触れる。

「なんでこんなもんが、ぎょんちゃんのポッケにあるんやろ」

つまみ上げたのは、銀色の鍵だ。首を捻《ひね》った祇園の視線が、足元に落ちる。

座席の下に押し込まれる形で、頑丈そうなアタッシュケースが置かれていた。

「……まさか…」

一声唸り、がたがたとアタッシュケースを引き上げる。

鍵穴の一つに、祇園は手にした鍵を差し込んだ。

「……ビ、ビンゴォォ…」

なんの抵抗もなく滑り込んだ鍵に、祇園が悲鳴を上げる。よく見れば、頑丈そうなアタッシュケースは、祇園が研究室から借り出したものとは違う。

心臓が、口から飛び出るかと思った。

これは、狩納のアタッシュケースだ。しかもなかには、恐ろしいほど高額の現金が詰まっている。

「なんでぇな…」

確かにあの時、自分はひどく焦っていた。だからとはいえ、狩納と自分の鞄を、取り違えることなどあるだろうか。

「……そりゃ、これが自分のもんになればええなーとは思うたけど…っ」

社長室で現金を目にした途端、祇園の意識はこのアタッシュケースに釘《くぎ》づけになった。

これが、自分のものになれば。

そんな誘惑の強さがこの愚挙《ぐきょ》に直結したとは、考えたくなかった。

「…どないしよう…」

繰り返した祇園の肩が、ぎくりとふるえる。

「お忙しいところすみません。綾瀬です。狩納さんですか?」

きれいな声が、車内に落ちた。

窓際《まどぎわ》に体を寄せた綾瀬が、祇園を気遣いながら携帯電話を耳に押し当てている。

「な…」

忘れていた。

悲鳴の形に、あんぐりと口を開く。人間は本当に動転した時には、声を上げられないものなのだ。

「急にごめんなさい。俺、今祇園さんと一緒にいるんです。祇園さんが、お仕事のトラブルで大変みたいで……。はい。でも、もうすぐ戻りますから……」

祇園さん、と、ちいさな唇が自らの名を口にする。その瞬間、祇園はうっと呻いて蹲《うずくま》った。

「ぎ、祇園さん?」

祇園の異変に気づき、綾瀬が腰を浮かせる。

呻いたまま、祇園はずるずると車中で崩れた。

「ど、どうしたんです？　やっぱり怪我が……」

おろおろと慌てた綾瀬が、携帯電話を握り直す。

「ご、ごめんなさい、狩納さん。すぐ、帰りますから…必ず……」

何度も謝り、通話が切られた。

「大丈夫ですか？　病院へ……」

助け起こそうとした綾瀬の腕を、祇園が摑む。がっしりと食い込んだ指に、綾瀬がきれいな瞳を見開いた。

「悪い。…兄さんの事務所戻る前に、一回家《うち》に寄って休ませてもらえへんか」

絞り出した声は、地獄の底から響くもののように低い。誇張《こちょう》ではなく、祇園は地獄の入り口に立つ自分に戦慄《せんりつ》した。

半殺しでは、もうすまない。

殺される。

それも絶対、楽な死に方はできない。

「それより、病院の方が…」

「頼む。家に戻りたいんや。……ちゃんと連絡も入れたんやし、問題ないやろ。頼む…っ」

有無《うむ》を言わせない口調に、綾瀬が頷く。握り締めた綾瀬の腕は、不安なほど細い。

足の下には、現金が一杯に詰まったアタッシュケースがあった。

「ところで綾ちゃん」

真剣な祇園の問いに、綾瀬が戸惑《とまど》う瞳を上げる。

「俺って結構丈夫やん。重り着けて海に放り込まれても、案外泳げると思う?」


うららかな陽射しが、足元に濃い影を落とす。

突然訪れた小春日和《こはるびより》に、街全体が活気を取り戻したようだ。あと一カ月で今年も終わるなど、まるで実感がない。

旧国鉄池袋《いけぶくろ》駅の東口に立ち、祇園は時刻を確かめた。

午前十時二十三分。そろそろ約束の時間だ。

真っ黒な髪を、掻き上げる。整髪剤《せいはつざい》をつけていない髪は、すぐに指を擦り抜け額に落ちた。

「やっぱええなー。東京は可愛《かわえ》ぇ娘ばっかりや」

平日の午前中だというのに、駅を利用する人の数は多い。行き交う女性を眺めながら、祇園は地下へと伸びる階段を下りた。

大学進学を機に上京し、次の春で一年になる。それでもいまだに、祇園からは関西の訛《なまり》が抜けない。

それはきっと、これからも同じだろう。

階段を下り、祇園は黒っぽい梟《ふくろう》の像の前で足を止めた。夕方ともなると、多くの人が待ち合わせに利用するその像も、今は暇そうに佇《たたず》むだけだ。

人の流れに紛《まぎ》れ、祇園もまた梟の像の前を左手に折れる。

デパートの入り口が並ぶ通りを抜け、改札を進んだ。売店から死角になる柱の一つに、目立たないよう背中を預ける。

「十時二十八分」

時計の時刻を読み上げた祇園が、ふと動きを止めた。

引き寄せられるように、人込みの一点に視線を注ぐ。

雑然とする駅の改札でさえ、その男を見つけることは容易だった。

人込みから頭一つ抜きんでた長身が、悠然《ゆうぜん》と歩を進める。今日の男は、灰色のシャツに、毛皮で縁《ふち》取《ど》られた、あたたかそうな外套《コート》を羽織っていた。

しかし男が纏う雰囲気は、少しもあたたかなものではない。

こちらに向かって歩いて来る長身を眺め、祇園は上着の内ポケットに指をかけた。ポケットにはようやく収まる大きさの封筒が一つ、詰め込まれている。

厚みのある封筒には、なんの宛名《あてな》も書かれてはいない。

その中身がなにであるかも、祇園は知らなかった。

知りたくも、ない。

祇園の仕事はただ指定された時間に、指定された場所で、指定された客に荷物を届ければいい。それだけのことだ。

この二カ月ほどの間に、祇園は今日と同じ場所で、同じ男を何度か待った。男は旧国鉄の改札から出て来ることもあれば、祇園と同じように地上から降りて来ることもある。同じ方向から訪れることは、ほとんどなかった。

用心深い男だ。

擦れ違った幾人かが、惹きつけられるように男を振り返る。それらを気にする素振りもなく、男が祇園の前に立った。

「…っ……」

ただそれだけで、目の前に大きな影が迫《せ》り出した錯覚を覚える。素早く封筒を取り出し、祇園は男を見上げた。

年齢は、祇園より幾つか年長だろう。だがまだ十分に若く、二十代半ばか、あるいは後半に見えた。彫りの深い顔立ちのなかで、冴《さ》え冴《ざ》えとした眼光が際立っている。甘さのない容貌は、文句のない美丈夫《びじょうぶ》だ。しかしこの鋭すぎる眼光が、男を酷薄なものに見せていた。

無言のまま、男が封筒へ腕を伸ばす。

ほとんど擦れ違いざま、男は祇園から封筒を受け取り、立ち去るはずだった。

解っていながら、祇園が差し出していた封筒を軽く引く。手渡されるべき荷物を受け取ることができず、男が足を止めた。

「俺、もうすぐこの仕事辞めるねん」

封筒を手に、祇園が切り出す。最初の受け渡しでお互いを確認して以来、口を利《き》くのはこれが初めてだった。

「兄ちゃんはいつまで続けはるのん？」

男は唇を引き結んだまま、じっと祇園を見下ろしている。長く見詰められていると、頭が痛くなりそうだ。

猛禽《もうきん》のような眼だと、祇園は思った。

「そりゃ兄ちゃんの仕事は、俺みたいなんよりずっと実入りがええんやろうけど…、どや、こんなん辞めて、俺と一緒に、新しい仕事する気あらへんか？」

にっと笑った祇園に、男が初めて眉を歪める。面倒そうに、男は鼻のつけ根に皺《しわ》を寄せた。

「なに言ってんだ、お前」

吐き捨てられた男の声は、低い。歯切れのよい滑舌《かつぜつ》に、祇園は笑みを深くした。

「こんな仕事は、そう長《なご》ぅ続けられへんやろ？　次探す気やったら、どうかな思て」

「お前、いつからやってる。この仕事」

男の眼は、ぴったりと祇園に定められたまま逸らされない。男が興味を示したことを嗅《か》ぎ取り、祇園は唇を舐《な》めた。

「早いもんで、もう四カ月になるわ」

そろそろ、潮時《しおどき》やろ。肩を竦《すく》めてみせた祇園にも、男は表情を和らげなかった。

「そう簡単には、辞められねえだろう」

尤《もっと》もな言葉に、祇園が頷く。

「そこんとこはあんま心配してへんねん。兄ちゃんかて、心配せんでええし。な、どうや？」

「他を当たれ」

素《そ》っ気《け》なく返され、祇園は眉を吊り上げた。

「なんで？」

「どうして俺が、お前を信用しなきゃならねえんだ」

長い腕を伸ばし、男が祇園の手から封筒を奪う。

「……残念やな。兄ちゃん商才ありそうやったのに」

手際よく中身を確認する男に、祇園は肩を落とした。

「次から他の奴が顔出す思うけど、適当に可愛《かわい》ごうたって。あ、ちなみに俺が辞める話、秘密な。兄ちゃんにしか話してへんから、噂《うわさ》になったら、恨《うら》むでえ」

気軽な口調で手を上げると、男が眉間の皺を深くした。興味などないと言いたげに、封筒を外套へ押し込む。

そのまま祇園を一瞥すると、男は別れの言葉もなく歩き出した。

広い背中が、見る間に人波に消えてゆく。完全に男の姿が見えなくなるまで、祇園は柱の陰に立っていた。

「あーほんっまに残念やわぁ」

がりがりと頭を掻《か》き、柱から背中を起こす。その目に一瞬、冴えた輝きが瞬《また》いた。

男を勧誘できなかったことは、本当に残念だ。むしろこの誘いが、立ち去った男にこそ重要なものであっただけに、勿体《もったい》ない。

「後から後悔しても、遅いんやけどな」

肩を竦め、祇園は男とは逆に向かって歩き始めた。

もうこの駅で、男と会うことはないだろう。年が明ける前には、仕事から手を引くつもりだった。

もし祇園が年明けまで仕事をしていたとしても、あの男と再び会う機会があるかはあやしい。

祇園がこの配達員と呼ばれる仕事を始めたのは、知人の紹介がきっかけだった。日当《にっとう》のよさに始めたが、きな臭いことこの上ない。

仕事の指示は社長と呼ばれる男から、携帯電話に入れられる。社長が何者であるのかは、勿論祇園たちは教えられていない。社長とはいっても、真っ当な会社を経営しているという意味でなかった。

祇園たち配達員はこの社長の許可さえ取れれば、仕事を始めるのも辞めるのも自由だ。携帯電話一本で繋がる配達員が、いくら入れ替わろうと、頂上にいる社長には一点の痛痒《つうよう》もないのだろう。

むしろ注意しなければいけないのは、直接顔を合わせる荷主《にぬし》たちだ。社長の指示に従い、祇園たちは荷主と落ち合って、荷物を受け取る。荷主たちも、社長という言葉を口にした。当初仲介《ちゅうかい》業者なのかと考えていた社長は、むしろ荷主たちも駒《こま》にする立場らしい。

一人の荷主が、複数の客に荷物を配ることもあれば、あの男のように、一人の荷主が一人の客に、定期的に荷物を渡すこともある。

いずれの荷物の中身も、客の素性《すじょう》も、祇園は知らされていない。しかし蛇《じゃ》の道は蛇《へび》だ。荷主に関わる噂や、客に降りかかった不幸について、耳にする機会はあった。そうでなくても直接顔を合わせれば、その人柄を垣間《かいま》見ることはできる。男が受け取る封筒の荷主は、長山《ながやま》と名乗る男だ。本名ではないだろうが、祇園が知る限り最も信用がおけない荷主の一人には間違いなかった。

この仕事を始めた直後は、祇園より一回り年長の男が、長山からの荷物を受け取っていた。抜け目のなさそうな男だったが、ある日突然、長山からの荷物が止まった。

次にその男を見かけたのは、インターネット上のちいさな記事だ。顔写真と共に、男の本名と死体の発見状況が書かれていた。

詳しく調べると、男は仕事上の諍《いさか》いに巻き込まれ、その制裁《せいさい》として消されたらしい。あやしげな仕事の下請けをしていた男は、商品を横領《おうりょう》し、転売、利益を上げていたという。

本当だろうか。

祇園はすぐに疑問を持った。

制裁という言葉自体は、よく聞くものだ。しかし死んだ男に、商品を横領するまでの度胸があったとは思えなかった。

むしろ羽振りがよく、男の死後も嫌な笑顔を絶やさないのは、長山だ。

この仕事を祇園に紹介した知人も、長山には気をつけろと、こっそり耳打ちしてきた。

今日封筒を受け取ったあの男も、遠からず前任者と同じ運命を辿るかもしれない。尤も死んだ男より、今度の男の方がいくらか上手く立ち回れるだろう。

「それくらいは、お祈りしてやらんこともないけど」

呟《つぶや》き、祇園は時計を覗き込んだ。

「さてと、そろそろ行こかいな」

ぱん、と、掌を打ち鳴らす。

午後からは大学の授業が入っていたが、今日は自主休講だ。あの男の言葉ではないが、こうした仕事を辞めるためには、相応の手順がいる。

「いい画《え》が撮れてるとええなぁ」

白い歯を覗かせ、祇園はひっそりと笑った。

機嫌のよい笑顔のまま、人で混み合う改札をくぐる。

頭の奥が、がんがんと痛む。

三日三晩ぶっ続けで、酒を飲んだ時のようだ。あの時も死にそうに苦しかったが、今の方が痛みの形がはっきりしている。

右のこめかみから頭の後ろが、酷《ひど》く痛んだ。それだけではない。不自然に投げ出された腕や背中、全身に痛みがある。

「……う……」

少しでも楽になろうと唇を開くと、自分の苦痛の声が聞こえた。

「生きてやがったのか」

声と共に、脇腹に痛みが食い込む。ぐっと吐き気が込み上げ、意識が鮮明になった。

「げ……っ……」

靴底で仰向《あおむ》けに転がされ、祇園が噎《む》せる。

「ビデオがどこにあるか、吐く気になったか？」

辛《かろ》うじて目を開くと、濁った光のなかに影が見えた。

斑《まだら》に無精髭《ぶしょうひげ》を蓄《たくわ》えた、無骨な男だ。

一瞬相手が誰か、判断できず目を瞬《しばた》かせる。自分の頭が正常に機能していないことを悟り、祇園はぞっとした。

見覚えのない男ではない。祇園が荷物を運んでいた荷主の一人、長山だ。

年齢は三十歳半ばあたりだろうか。いかにも腕力に自信がありそうな、堂々とした雰囲気の男だ。顔立ちも悪くなかったが、目の奥にひそむ計算高さが男からその魅力を奪っていた。

「……誰が…お前なんかに……」

「マゾだなお前。まだ痛《いて》ぇ目に遭《あ》いたいのか」

「み、美佳《みか》ちゃんの新作は、俺の宝物なんやもん……」

真顔で呻いた祇園に、長山が歯を剥き出しにする。

「誰がAVの話をしてんだよ！」

「ぐ……」

屈《かが》んだ長山に脇腹を蹴られ、息が詰まった。のたうちながらも、懸命に周囲へ目を向ける。

バンの、荷台部分だろうか。座席を取り払った空間に、祇園は投げ出されていた。

痛む頭に、記憶が蘇ってくる。

友人と飲んでいた時、突然長山が現れた。仕事以外で、長山が姿を見せるのは初めてのことだ。気軽な調子で外に誘われ、祇園は自らの状況の危機を悟った。下手に逃げれば、立場は決定的に悪くなる。それよりも話し合うふりをして、相手の出方を探るべきか。

一瞬躊躇《ちゅうちょ》した祇園の後頭部を、長山は唐突に殴り伏せた。最初から話し合う余地など、なかったのだ。

「お前、撮ったんだろ。俺が取引してるとこをよ」

呻く祇園を見下ろし、長山が手近にあった段ボールへ腰を下ろす。

腕力以外、取り柄がなさそうな長山が、身辺《しんぺん》の変化を察知したのは意外だった。小心さから来る警戒心の強さが、そうさせたのだろう。

長山が言う通り、祇園は男が関わる取引の現場を撮影した。

長山の行動を把握《はあく》するのは、簡単だった。金回りのよい長山は、毎日のように雀荘《ジャンそう》に入り浸《びた》っている。たまに携帯電話で呼び出されては、駅付近の高架下《こうか》か、寂《さび》れた劇場の裏通りへ出かけて行った。

そこでいつも決まった男と待ち合わせ、短い遣《や》り取《と》りの後、彼らは携えてきた荷物を交換し合った。その荷物がなんであるか、祇園は知らない。ただ公《おおやけ》には取引できない品物なのは確かだろう。

毎回場所を変えるという注意深さに欠けていたため、祇園は容易《たやす》くそれらを撮影することができた。

「俺を脅す気だったんだろうが、そうはいかねえ」

鼻息の荒い長山に、思わず笑いがもれそうになる。

祇園はなにも、長山を恐喝《きょうかつ》するために、取引を撮影したのではない。ただこの仕事を辞めるに際して、保険が欲しかったのだ。

疑り深い長山は、何故祇園が仕事を辞めたのか、詮索《せんさく》するだろう。あの死んだ男と長山の関わりについて、なんらかの情報を得ていたのではないか。そう長山が考えてもおかしくはない。

「ちくしょう。もっと早く手ぇ打つべきだったな。なにか勘づいてやがるとは思ってたが…」

「俺は、なんも……」

「黙れ！　マジでくたばりてえのか」

唾《つば》を吐き、長山が狭い車内で足を振り上げた。もう一度腹を蹴られそうになり、祇園が悲鳴を上げる。

「……か、勘弁《かんべん》してぇな…っ、もう……」

ガムテープで括《くく》られた腕で、祇園は懸命に腹部を庇った。

殴られた祇園の顔は無惨に腫《は》れ上がり、切れた唇からは血がしたたっている。これ以上殴られたら、意識を失うどころではすまないだろう。

「じゃあ、もう一回だけ訊くぜ？　どこにある」

足を振り上げたまま尋ねられ、祇園は息を喘がせた。怯えきった祇園の表情に、長山が満足そうに唇を歪める。

「……あ、あの男や……」

「男？」

「な、長山さんからの荷物受け取りに来とった、あの……」

吐き出した声が、固くふるえた。

祇園の脳裏に浮かんだのは、池袋駅の雑踏《ざっとう》に消えた、あの男の背中だ。

「…あいつに…、唆《そそのか》されたんや」

祇園を凝視《ぎょうし》する長山の眉間が、深い皺を刻む。険しさを増した長山の表情を、祇園は見逃さなかった。

こいつは、信じるかもしれない。

苦痛を詰め込まれた全身に、初めて希望が湧く。血で汚れた唇を、祇園は舌先でちいさく舐めた。

言うまでもなく、今回の一件にあの男は一切関わっていない。

しかしそんなことは、祇園自身の命に比べれば些細《ささい》な問題だった。

いずれあの男は、長山の犠牲《ぎせい》となってろくでもない末路《まつろ》を辿るだろう。それが少し早くなったとしても、祇園の知るところではないのだ。

「……この仕事から足洗って、自分とこで、働かへんかって…。隠し撮りは、そのための条件やって…」

演じるまでもなく、惨めっぽい声が出る。

痛みに悲鳴を上げる全身と違い、頭は奇妙に醒《さ》めていた。まるで見てきたように、言葉が出てくる。

祇園自身、本当にあの男に唆された気持ちになれそうな気がした。

「……本当か?」

唸るような声を、長山が絞る。

あと、一歩だ。

祇園を見下ろす長山の目には、どす黒い憎悪《ぞうお》が滲んでいる。

猜疑心《さいぎしん》に取り憑《つ》かれた人間の心は、脆《もろ》い。長山のような男ならば、尚更《なおさら》だ。

「考えてみてぇな…俺が、長山さん強請《ゆす》って、なんの得がありまっか…？　全部、あの男が…」

後は真偽《しんぎ》を確かめるため、長山があの男の許へ向かうよう仕向ければいい。

長山に寝返ったふりをして、男の許へ一緒に向かうことができれば、時間が稼《かせ》げる。

長山は一人だ。疑いと怒りに自分から一瞬でも意識が逸れれば、逃げる機会は必ずある。

「あいつには、得があるって言いてえんだな…？」

唸った長山の腕が、車の扉へ伸びる。なにをするのかと警戒した祇園の視線の先で、長山が扉を開いた。

「おい、狩納！」

車外へ向け、長山が叫ぶ。耳慣れない名に、祇園は息を呑んだ。

「っ……」

まさか仲間がいるのか。

大きく開かれた扉から、どっと夜の冷気が流れ込んだ。

濁った空の色と、延々と伸びるコンクリートが目に映る。バンが停められているのは、だだっ広い駐車場だ。遥《はる》か遠くにちいさな明かりが見える以外、近くに建物はない。

血糊《ちのり》で鈍った鼻を、祇園は無意識に蠢《うごめ》かした。重くしめった空気は、海から吹き上げる風を連想させる。羽田《はねだ》近辺の倉庫街が、漠然と頭に浮かんだ。

「ああ？」

低い声が、車外から響く。

怠《だる》そうに響いたそれに、祇園は双眸を見開いた。

「な……」

ゆらりと、扉の脇で影が揺れる。黒い影は、夜の底にぱっくりと口を開けた大きな穴を思わせた。

長身の人影が、ゆっくりと扉の前に立つ。

初めて、祇園は本当の意味での恐怖を味わった。

「あんたは……」

フードを縁取る毛皮が、強い風に揺れている。それを鬣《たてがみ》のように従える男に、見覚えがあった。

祇園が長山からの荷物を渡していた、あの男だ。

「狩納。お前どうして今日になって、ここに来ることを承知した？」

低く、長山が尋ねた。

狩納というのが、この男の名前なのだろう。眼球の動きだけで、男が長山を見た。

「なんの話だ」

両手を上着に突っ込み、狩納が尋ねる。

屋外にいたはずなのに、男の声はわずかほども凍《こご》えていなかった。開け放たれた扉から流れ込む冷気に、背筋が凍りつく。

やばい。

まさかこの場に狩納自身がいるとは、想像だにしていなかった。

「このガキは、お前が全部指示したって言ってるぜ？」

吐き捨てた長山が、祇園を車外に蹴り落とす。荷物のようにコンクリートへ落ち、祇園は声を上げた。

「ぎ……」

「どうなんだ。え？」

低い恫喝《どうかつ》が、狩納を打つ。

狩納の眼が初めて、苦痛に叫ぶ祇園を見た。

狩納は必ず、否定するだろう。男にとっては、全くあずかり知らない話なのだ。しかし狩納がどう否定しようと、絶対にこの男が主犯であると長山に信じさせなければならない。

落ち着け。

大きく胸を喘がせ、祇園は自分自身に言い聞かせた。

計算違いは、いつでもある。問題はそれをいかに早く修正できるかだ。血に汚れた唇を嚙み、祇園はコンクリートを這った。

「た、助けて、狩納さん…！」

初めて口にする名を、既知《きち》のものであるように叫ぶ。哀れな手駒そのものの顔で、祇園は狩納へ這い寄ろうとした。

「黙れ！」

車から降りた長山が、祇園を蹴り飛ばす。

「狩納。こいつは、お前が殺《や》れ。お前が焚《た》きつけたんじゃねえなら、できるだろう。言い訳はその後で聞いてやる」

長山の叫びに、祇園は息を呑んだ。

「……っ」

ばかな。

長山の頭の悪さを、祇園は心底から呪《のろ》った。否。臆病な故《ゆえ》の狡賢《ずるがしこ》さというべきか。

長山と狩納は、信頼関係では結ばれていない。祇園の言葉によって、長山が狩納に疑念を抱いたのは間違いなかった。

だが狩納と祇園、そのどちらの言い分が正しいのか、自ら決着をつける気はないらしい。

元より、二人とも生かしておく気がないのだ。

「そこにブロックがあるだろ。それに括りつけて、海に捨てて来い」

絶望的な命令に、祇園は奥歯を噛みしめた。

この状況下なら誰でも長山の言葉に従うだろう。断れば代わりに沈められるのは、狩納自身だ。

「や、やめてぇな！」

こんなことならば、狩納と手を組み逃げる道を模索《もさく》するべきだった。自分の判断の甘さに、祇園が悲鳴を上げる。

「うるせえぞ、祇園！」

長山に蹴りつけられ、祇園は音を立てて転がった。

「う…」

「もたもたするな、狩納！　手前ェもこうなりたくなけりゃ…」

頭上で喚いた声が、唐突に途切れる。

ぐ、と濁った音が響き、祇園は双眸を見開いた。

黒々とした影が、頭上を横切る。それが長山を捕らえた狩納の腕であることを、祇園はすぐには悟れずにいた。

「狩……」

ぎょろぎょろとこぼれ落ちそうな目で、長山が狩納を見る。

何故自分が年若い男に襟首《えりくび》を摑まれているのか、理解できないという顔だ。

「なにを…」

「俺に命令すんじゃねぇよ」

吐き捨てると同時に、狩納が無造作に腕を引いた。

「っ……」

声を上げることもできず、長山の体が浮き上がる。まるで軽い玩具《がんぐ》のように、長山がコンクリートへ投げ飛ばされた。

「ぎゃ…っ…」

ごつりと響いた音に、悲鳴が重なる。

なにが起こったのか解らず、祇園は茫然《ぼうぜん》と双眸を見開いた。

「や、やめろ、狩納っ」

懇願《こんがん》が、放たれる。

続けざまに二度、狩納の足が、長山の体にめり込んだ。肉を蹴る音に、骨が砕かれる音が混じる。

「…っ……」

立ち上がろうとし、祇園は息を詰めた。

突き飛ばされた長山が、祇園の真横を掠《かす》める。

どすんと、音を立てて、長山が車体にぶつかった。

「ひ…っ…」

バンの車体全体が、大きく揺れる。悲鳴を上げて崩れ落ちた長山を、祇園は茫然と見た。

「……きしょう…っ、狩納、お前…最初から……このつもりでここへ……」

血の泡を吹きながら、長山が嗚咽《おえつ》を絞る。祇園と同様、長山の顔は瞬く間に血で洗ったように赤く染まっていた。

「何度も気安く呼ぶな」

煩《わずら》わしそうに、狩納が長山の顔面を蹴った。どっと口から血をこぼした長山が、コンクリートへ突《つ》っ伏《ぷ》す。

「…ぐ……」

強くなった風が、狩納の足元で轟々《ごうごう》と音を上げる。どす黒い血のしたたりを見た男の顔には、なんの躊躇も、高揚もない。

言うまでもなく、狩納は怪我一つ負うことなく、易々《やすやす》とその場に立っていた。

「……な、なんで…」

堪えきれず、祇園の唇から呻きがもれる。

「なんであんた……、助けてくれるんや……?」

逃げることも忘れ、祇園は夜に浮かぶ男を凝視した。

鋭角的な男の容貌が冴え冴えと、遠い街灯の明かりを浴びている。端整な容貌を塗り分ける陰影《いんえい》が、血の匂いをより陰惨なものに感じさせた。

恐ろしさと同時に、目を逸らしがたいなにかが、男にはある。

魅入《みい》られたように、祇園は男を見上げた。

祇園は躊躇なく、狩納を長山に売ろうとした。それは狩納にも解っているはずだ。

何故。

動く力もなく繰り返した祇園を、狩納が振り返った。

惹きつけられるように見詰めた祇園の視界を、黒い影が過《よぎ》る。声を上げようとした時には、堅い拳が祇園の体にぶち当たった。

「ぐ……っ……」

文字通り、体が浮き上がる。

易々と、祇園の体はバンまで吹っ飛んだ。

「…っあ……、う…」

目の前で、火花が散る。呻いた口からも、血と火とが塊《かたまり》になって転がり落ちそうだった。

崩れ落ちた祇園へ、狩納がのっそりと近づいて来る。

「寝言は寝て言え」

面白くもなさそうに、狩納が吐き捨てた。

「誰が手前ェを新しい仕事に誘った。ああ?」

「こ、こ、こ、降参《こうさん》！　降参…っ！」

犬のような声を上げ、祇園は痛む体を捻《ひね》った。

「うるせえ。ちったあ使えるかと思って泳がせてみれば、長山程度に捕まりやがって」

腕を括られ仰向けに転がる祇園を、男の靴底が踏みつける。容赦《ようしゃ》のない力に、祇園は悲鳴を上げた。

「げ…っ、…や、やめ……！」

のたうつ祇園に、狩納が舌打ちをする。

本当に、殺される。

その確信に、頭が痺れた。形振《なりふ》りなど構っていられない。上下も解らないほどの痛みのなかで、祇園は声を張り上げた。

「こ、こ、降参や言うてますやん！　そ、そんな使えん男、違《ちゃ》いますよ、僕…！　ええ仕事しまっせえー！」

切れた唇で喚きまくる。

狩納の能力を読み間違えていた自分に、心底腹が立った。長山と潰し合いをさせるどころか、この男ならば誰にも負ける気がしない。

「そうか。それじゃあ、お前が撮ったっていう映像を、全部出しな」

「も、勿論ですわ…！　な、長山さんの映像でんな、ばっちりです」

請け負った祇園を、狩納の靴底ががつんと蹴った。

「い…っ…」

「全部だって言ってんだろ」

吐き捨てられた声は、吹きつける風よりも冷たい。

男の声に滲んだ凄味に、祇園はひっと息を詰めた。

「せ、せやから…」

「長山が使い込んでた金の証拠もだ。それと……」

言葉を切った男の双眸が、切れそうなほどに細められる。遠い街灯の光が、男の眼に暗い光彩を投げかけていた。

「俺の身辺を撮った写真もな」

「…っ……」

ぞっと、冷たい汗が背中を流れる。

全てを見透かす男の声に、祇園は息を詰めた。なんのために狩納がここにいたのか、初めてその意図を悟る。

この男は、本物だ。

その確証に、全身がふるえた。

気が遠くなるような恐怖に、声も出ない。

しかし同時に、鳥肌が立つような高揚を覚える自分を、祇園は意識した。

「……俺……一生兄さんについて行きますわ」

口元が、歪む。にたりと笑った祇園を、狩納が嫌そうに見下ろした。

「調子のいい男だな」

「そこがこのぎょんちゃんのいいところですわ！」

臆面《おくめん》もなく、即答する。もう一度腹を蹴られるかと思ったが、新しい痛みは襲わなかった。

驚く祇園に、にっと男が唇を吊り上げる。

「へえ」

呆れたような声の響きは、軽蔑《けいべつ》を含まない。一瞬呆気に取られて男を見上げた祇園は、次の瞬間、ぱっと顔を輝かせた。

「あ、でも安心して、兄さんだけは、裏切らへんから。ぎょんちゃんは品行方正頭脳労働専門の、強い者の味方やから！」

勢いをつけて飛び起きると、痛みに目が回る。笑顔で踏み止《とど》まろうとしたが、無駄だった。

「あれ…？」

視界が真っ暗に掻き消える。ばったりと倒れた後の記憶は、何一つ残ってはいなかった。


「……短い一生やったなあ」

しみじみと、祇園は呟いた。

「あん時狩納兄さんに、一生ついて行きます、とか心にもないこと言うてもたのが運のつきやったんやろか」

狩納と出会ったのは、まだ記憶が色褪《いろあ》せるほど、遠い過去のことではない。次々に蘇る思い出に、祇園はぐったりと憂鬱《ゆううつ》になった。

「……あれやあれ。死ぬ前に記憶がぐわーっと走馬燈《そうまとう》みたいに思い出されるっちゅうの？」

やっぱり死期が近いんやろうか。

冗談にならない呟きをもらし、祇園は薄い布団《ふとん》に転がった。築《ちく》二十年の重みを感じさせる、くすんだ天井が目に映る。

ごそごそと尻ポケットを探り、祇園は折り畳んだ紙幣を取り出した。言うまでもなく、あのアタッシュケースから失敬した一万円札だ。

寝転がったまま、皺になった紙幣を見詰める。

合図《ノック》の音に視線を巡らせると、寝室の扉が開かれた。

「病院行かなくて、本当に大丈夫ですか？」

ぬれたタオルを手にした綾瀬に、祇園が目を細める。透けるように白い肌を目にしただけで、寝室が一気に明るくなった気がした。

蛍光灯の光が、ほっそりとした輪郭《りんかく》を描き出す。

祇園の住処《すみか》の一つであるこの部屋は古く、狩納の事務所やマンションのような華やかさはない。そんな場所で見る綾瀬に、不思議な驚きがあった。

「おかげさんで、随分楽になったわ」

寝台から起き上がった祇園に、綾瀬がほっと瞳をゆるませる。

狩納の事務所前からタクシーに乗った祇園は、怪我の治療が必要だと訴え、アパートへ向かった。実際は、二階から飛び降りておきながら、深刻な怪我は一つもない。

「無理しないで下さいね」

「ほんまに大丈夫。今、兄さんに連絡入れたんや。ここまで迎えに来てくれはるそうやで。ただちょっと仕事で遅ぅなるかもしれんって。来られる時には、連絡くれるそうや。あと、大学にも連絡したんやけど、ヘルガちゃんも元気やて」

なに食わぬ顔で、祇園が狩納の名を口にする。

連絡を入れたなど、勿論嘘だ。

それに気づくことなく、綾瀬が安堵が浮かべる。

「ありがとうございます」

ずきりと、胸が痛んだ。

そんな自分を振りきり、ぬれタオルを受け取る。

「適当に座ったたって。ごめんな、この部屋あんま使《つこ》てへんからなんもないねん」

部屋を見回し、祇園が謝罪する。ここは祇園が自分で家賃《やちん》を払っている、唯一のアパートだ。しかしその名義人は、祇園ではない。

友人が住んでいたアパートが広かったため、学部二年の頃、祇園が転がり込んだのだ。そのましばらく一緒に暮らしたが、就職の都合で友人は東京を離れた。

引っ越すのも億劫《おっくう》で、祇園がそのまま部屋を借り受け、現在に至っている。その際、借り主の名義は変更しなかった。

大学関係者にも、親しい友人にも、この部屋の存在はほとんど知られていない。

元々研究室や、友人の家を転々としてすごすことが多い祇園だ。狩納といえども、祇園とこの部屋とを結びつけることは難しいだろう。

「椅子の一つもあらへんし……。そや、ここに」

寝台《ベッド》に座れるようにと、祇園が場所を作る。

寝台の下には、銀色のアタッシュケースが押し込まれていた。取り違えに気づいていなかったとはいえ、あれを二階から投げ落としたのかと思うと、血の気が引く。

溜め息を呑んだ祇園は、思い詰めた様子の綾瀬に視線を上げた。

「…どないした、綾ちゃん。あ、腹減ってるん?」

「い、いえ、…あの……」

立ち上がろうとした祇園を、綾瀬が止める。まさか、祇園の嘘に気づいたのだろうか。

ごくんと、祇園の喉が鳴る。

「ち…ちょっとだけでいいんです。……あの、俺に……そ……」

大きな瞳が、意を決したように祇園を見た。

困ったように眉を寄せる綾瀬に、左胸が騒ぐ。耐えることに馴《な》れてしまったような、憐憫《れんびん》と嗜虐心《しぎゃくしん》を同時に刺激する顔だ。

「俺に、そ…？」

「そ、掃除を…させてもらえませんか…っ？」

思い詰めた目をした綾瀬に、祇園が眉を寄せる。

「…掃除？」

「き、気を悪くしないで下さい。なんていうか、少しだけ…片づけた方が、いいかな…って…」

細く訴え、綾瀬が室内を見回した。祇園もまた、自らの部屋をぐるりと見回す。

目が馴れてしまっているせいで、祇園は衝撃を感じないが、初めて見る人間にはそうはいかないのだろう。

八畳《じょう》程あるはずの部屋のうち、床が見えている面積はほとんどなかった。

大学で使う紙資料《レジュメ》と雑誌、仕事の企画書や、打ち合わせ用の紙切れが、所狭しと積み上げられている。積まれているならまだしも、床に散乱している紙類は、ごみなのか資料なのか判然としない。

その上に、半袖から長袖まで様々な衣類が投げ出されている。

「……確かにちょっと汚れてるかもしれん……かな？」

「ちょっとじゃないですよ、祇園さん！　…あ、いえ、せめて、この机の上だけでも…」

思わず声を大きくした綾瀬が、ローテーブルに腕を伸ばす。

ローテーブルの脇には、使われていないパソコンの本体が積み上げられ、どこまでが机でどこからがパソコンなのか解らない。その上には、幾つものペットボトルが載せられている。

一つや二つではない。

祇園が見下ろしただけで、三十本近くはある。なかにはビール缶や、酒瓶《さかびん》、醤油《しょうゆ》瓶まであった。机の縁ぎりぎりにみっしりと乱立する飲料水は、芸術的なほどだ。

「ううむ、こうして改めて見ると、ほんまに絶妙なバランスやなぁ」

思わず感心しそうになった祇園をよそに、綾瀬が床からビニール袋を拾い上げる。

「……まだこれ、みんな中身残ってますよね…？」

祇園に了解を取るのを諦めたのか、綾瀬は端からペットボトルを袋に詰め始めた。どうやら本当に掃除を始める気らしい。

「なんでみんな、飲みかけなんですか」

生真面目《きまじめ》な声で尋ねられ、祇園ががりがりと頭を掻く。

「夜とか部屋戻る時にコンビニで買いもんするやろ。ほんで飲むやろ。飲みきれんかったりするやろ。ベッドの側《そば》に置くやろ。朝出てくやろ。んで、夜コンビニでまた買うやろ…」

説明している間にも、綾瀬が手にしたビニール袋はすぐに満杯《まんぱい》になってゆく。手際よく、綾瀬が次の袋を広げた。

「どうして冷蔵庫に入れずに……あっ…」

次々とペットボトルを詰め込んでいた綾瀬が、ちいさな声を上げる。

「どないしたん？」

「ちょっと撥《は》ねちゃったみたいで……」

中身が残るペットボトルから、烏龍茶《ウーロンちゃ》が綾瀬の膝にしたたった。仲縹《なかはなだ》色のジーンズに、黒い染みが落ちる。

「あかん。やっぱりやめとき。もっと汚れてまうわ」

患部を冷やしていたタオルを、祇園は慌てて綾瀬の膝へ押し当てた。

「拭けば落ちるとは思うんですけど……なにか、エプロンとかあります？」

きれいな琥珀色の目を向けられ、祇園の脳裏でなにかが閃《ひらめ》く。

「作業着みたいなものでも、いいんですけど……」

「ある！　あるで！　エプロン」

叫び、祇園は雑貨の山を掘り返した。古い資料雑誌や暖房器具、空の鞄に混じり、桃色の塊が埋まっている。

力任せに引き抜き、祇園はビニールの袋を破った。

「どぞ！　これです」

高々と掲げられたエプロンに、綾瀬がぽかんと口を開く。

無理もない。

綾瀬が期待していたエプロンとは、かけ離れた代物《しろもの》なのだろう。

鮮やかな桃色と、たっぷりとあしらわれたフリルは、祇園でさえ胸焼けしそうなほどだ。

「……なっ…なんです、それ」

「せやから、エプロン」

それもただのエプロンではない。

以前撮影で使用した、殿方《とのがた》の夢と欲望が詰め込まれたエプロンだ。

「……そんなふりふりしたの……、どうしたんです、一体…」

「人がくれるゆうから、もらって来たんや。新品やないけど、洗ったるからきれいやで」

不思議がる綾瀬に、エプロンを広げて見せる。

やさしげな容貌をした綾瀬だが、フリルや桃色といった色彩には、心動かされないらしい。男なのだから、仕方がないか。

困ったように、綾瀬がエプロンを見詰める。さすがに無理かと諦めかけた時、綾瀬の腕が伸びた。

「………これしか、ないんですよね」

唸り、綾瀬がジーンズの染みに目を落とす。

「服汚すよりは、ましやと思うで。それにこれ、もういらへんから、汚れたら捨てればええし」

にこにこと勧める祇園に、綾瀬が首を横に振った。

「そんな、洗ってお返しします」

「着てくれるん？」

祇園が、ぱっと顔を輝かせる。

「……お借りします」

迷いながらも、綾瀬がエプロンを広げた。

桃色のエプロンは、正面から見るとまるで可愛らしいワンピースのようだ。迷いを断ち切るように、綾瀬が肩紐《かたひも》を引っかける。

「おお…っ」

腰紐を結んだ綾瀬に、祇園は歓声を上げた。

桃色のエプロンは、丈《たけ》が綾瀬の膝あたりまでしかない。そこから真っ直ぐに、細いジーンズの脚が伸びている。

まるでジーンズにスカートを重ねているような新鮮さだ。

「わっ、笑わないで下さいよ」

「笑ろてへん！　鬼のような可愛さやで！　創作意欲を搔き立てられるぅ」

指で作った枠をファインダーに見立て、祇園は綾瀬を凝視した。

夫のために、家事に励む可愛い新妻《にいづま》。

そんな設定を思い描き、にやにやする。あまりの興奮に、自分が置かれた危機的状況さえ忘れてしまいそうだ。

「本来は服の上から着るエプロンやないんやけど、そこは想像で補って……。いやあ、ええもん見さしてもろたわ！　文字通り冥土《めいど》の土産《みやげ》っちゅうか……」

「なにか言いました？」

祇園の呟きを聞き咎め、立ち上がった綾瀬が振り返る。

その手には新しいビニール袋が握られていた。すでに覚悟を決めたのか、掃除に専念しようとする気迫が満ち満《み》ち満《み》ちている。

「祇園さん、近くにペットボトル回収してるお店ってありますか？」

ペットボトルを拾い集め、綾瀬が次々と袋に詰め込んだ。手早く袋の口を縛り、次のビニール袋を手にする。

「どうやろ、出したことないからなあ」

首を捻った祇園の視線の先で、綾瀬が再び、あっと叫んだ。

「どないしたん」

「な、なんです、これ……」

紙資料と雑誌の隙間《すきま》で、綾瀬が高い声を上げる。見ればぬいぐるみや紙ごみの隙間に、ＤＶＤが何十枚と積み上げられていた。

「なにって、エッチなやつやん」

散乱するＤＶＤは、どれも煽情《せんじょう》的な姿を曝《さら》す女優の写真で飾られている。祇園には今更照れるまでもない、至極《しごく》見慣れた光景だ。

「エ、エッチ……」

さっと、綾瀬の頬に羞恥《しゅうち》の色がのぼる。

初々《ういうい》しい反応に、祇園はうっと呻いて左胸を押さえた。

なかなか狙っても、こんな直球を投げられるものではない。反則だ。

「…そうや。このエプロンの正しい装着方法の解説が出とるのも……」

「エプロン？」

「……部屋の片づけのためには、なにがあるか正しく把握せなあかんやろ。どや、これからこれの上映会するいうんは…」

鮮やかな桃色に包まれる綾瀬は、ＤＶＤで笑うどの女の子よりも愛らしい。同じ衣装を身に着けた女優が、カメラの前で演じた痴態《ちたい》が脳裏を過った。

剝き出しの腰で結ばれた、大きな腰紐。それがやわらかく垂れた尻の丸み。可愛らしい尻を突き出し、食卓に寝そべる女優の顔が、いつの間にか綾瀬のそれに置き換えられていた。

下腹にぐっとくる光景だ。

しかしそれは明らかに、同性に感じるべき高揚ではない。

綾瀬に出会うまで、祇園は自分が同性の肉体に興味を抱くなど、考えたこともなかった。

だがあの狩納が執着する体なのだ。それは一体いかなるものなのか、興味を持つなと言う方が酷《こく》だろう。

一度でいいから、心ゆくまでその体をカメラに収めてみたい。幾度となく、祇園はその願いを訴え続けてきた。しかし寛容《かんよう》の精神に乏しい狩納は、一度も快諾《かいだく》してくれない。これからも、そうだろう。

「…俺に、これからがあるかどうか自体があやしいわけやけど」

笑い飛ばそうとして、祇園は項垂《うなだ》れた。

そうだ。自分に、これから、など期待できないのだ。

明日になれば、狩納がこのアパートを嗅《か》ぎつけるかもしれない。アタッシュケースと綾瀬の二つを同時に奪った自分を、狩納が血眼《ちまなこ》で探していることは明らかだ。

「想像するんも嫌やな…」

目を血走らせた狩納を思い描きそうになり、祇園は青褪めた。

「……十《とお》の罪で殺されるんも、九《ここのつ》の罪で殺されるんも、結果は同じやもんな…」

明日をも知れない命ならば、この世の快楽の限りをつくして死ぬべきだ。

そもそも綾瀬をタクシーに詰め込まざるを得なかったのは、事故だった。半端な濡《ぬ》れ衣《ぎぬ》を着て殺されるくらいなら、いっそ本懐《ほんかい》を遂《と》げてしまった方がいいかもしれない。

「そや、そうしよ」

低く唸り、祇園はＤＶＤを手にする綾瀬を見た。ほっそりとした首筋や、肩胛骨《けんこうこつ》が浮く背中は、あまりにも無防備だ。

「綾ちゃん……」

「駄目です。やっぱり掃除しないと」

頷き、綾瀬がすっくと立ち上がる。

「ち、ちょ……」

追い縋った祇園に耳を貸さず、綾瀬が次々とＤＶＤを拾い上げた。散乱していた雑誌と共に仕分けし、きれいに積み上げてゆく。

どうやら綾瀬の決意は、揺るぎないものらしい。この部屋のあまりの惨状が、綾瀬の使命感に火を点けてしまったのだろうか。脇目も振らずごみを掘り出してゆく綾瀬に、伸ばした祇園の腕が行き場を失った。

紙資料を分別していた綾瀬が、あっ、とまたしても声を上げる。

「これは……」

「おお！　お徳用ローション」

綾瀬が手にした容器を覗き込み、祇園は叫んだ。

綾瀬が掘り当てたのは、大きなペットボトルだ。いつからこのアパートにあるのかは不明だが、多分撮影で使わなかったものをもらって来たのだろう。

「綾ちゃん、塗ってみる？　口に入っても大丈夫やで」

「食べものなんですか」

桃色の液体が詰まった容器を、綾瀬が眺め回した。こんな業務用の容器など、初めて見たのだろう。

エプロン姿の綾瀬が、毒々しい容器を手にする姿はそれだけで絵になった。

「せやから……」

「あっ、賞味期限…？　使用期限かな？　切れてますよ」

たっぷりと液体が詰まった容器を、綾瀬がひっくり返す。

「…捨てていいですよね」

きびきびとした口調に、祇園はただ頷くしかできなかった。

「お、お願いします…」

「あとなんだか、小銭が沢山《たくさん》落ちてる気がするんですけど、貯金箱とか落としたんですか？」

容赦なく容器をビニール袋に詰めながら、綾瀬が尋ねる。その手際に、祇園は唸った。

「あ？　ああそれか。財布持って歩かんと、買いものしたらポッケに小銭入れるやろ。洗濯ん時出すやろ。その時その辺に落ちてまうんや」

「落ちるんじゃないですよ！　それ、落としてるんですよ！」

叱《しか》りつけられ、祇園が首を竦める。いつもより機敏《きびん》に思える綾瀬の後ろ姿に、祇園は後退《あとじさ》った。

「……ごみ袋持って来る」

恐れをなし、祇園はごみの山を踏み越えた。

「祇園さんは休んでて下さい。…なんかレシートとか落ちてますけど、これも捨てていいですよね？」

てきぱきと分別を続ける綾瀬の後ろ姿に、何度も頭を下げる。

「ええよええよ。レシートどころか、部屋ごと捨てても、ええようなもんばっかりやし」

「じゃあ、廊下《ろうか》のチラシとかもいいですか？」

綾瀬の手元では、仕分けされたごみがすでに六袋以上、積み上げられている。それでも部屋は、少しも片づいた印象はない。右のごみが、左へ移動した、それだけのことだ。

「廊下？　もう際限あらへんから、ほっといてええよ」

ごみ袋を探すため、廊下の電気を点ける。

部屋同様、廊下もまた床が見えない。突き当たりにある玄関の三和士《たたき》からずっと、広告類や紙資料、解体されたパソコンや、ダースベーダーの等身大広告などが隙間なく床を埋めていた。

「でも結構埃も溜まってるし、こんな所に住んでたら、体壊しますよ」

真剣な顔で否定され、祇園が言葉に詰まる。安っぽい蛍光灯の明かりを弾き、琥珀色の目がきらきらと輝いていた。

桃色のエプロンと相俟《あいま》って、その色合いは目眩《めまい》がするほど魅力的だ。

やさしげな容貌に反し、綾瀬は意外に頑固《がんこ》な一面を持っている。それを知っていたつもりの祇園だが、こんな活き活きとした綾瀬は初めて見た。

「せやけど……」

熱心に片づける綾瀬を見ていると、見慣れたはずの室内が、手も足も出ない惨状に思えてくる。

「頑張れば、今夜祇園さんがゆっくり休める場所くらいは…」

「男前やな、綾ちゃん」

しみじみと、祇園は呟いた。

桃色のエプロンを身に着けた綾瀬が、神々しく目に映る。こんな男らしい綾瀬を、かつて祇園は見たことがあっただろうか。

「え？　なんですか？」

「なんでもあらへん」

「あっ！」

再び綾瀬が上げた悲鳴に、祇園は身構えた。

またしてもおいしい、否、あやしい祇園の蒐集品が綾瀬によって発見されたのだろうか。

「こ、今度はなんや？」

怒られるのではとびくびくしながら、祇園が綾瀬の背中へ近づく。綾瀬の手元には雑誌が折り重なり、宣材《せんざい》と呼ばれる女優の写真が散っていた。

「それはやね………」

解説しようとして、祇園が言葉を呑み込む。

綾瀬が手にしていたのは、半裸《はんら》の女優が笑う写真ではない。

「もしかして、これ……」

写し出されているのは、明るい大学の教室だ。そこに、一人の男が着席している。

椅子に右足を引き上げ、立てた膝に顎を置く姿は、だらしなさを通り越して不遜《ふそん》なほどだ。

「狩納兄さんや。丁度、知り合ってすぐの頃かなあ」

写真を指さし、祇園が記憶を手繰《たぐ》り寄せた。

「あんまり、今と変わらない…かな？」

じっと写真を見詰め、綾瀬が首を傾げる。

綾瀬が言う通り、狩納の面差《おもざ》しに劇的な変化はなかった。髪がやや長く、額に前髪が落ちている。

完成された男の体軀に、幼さの片鱗《へんりん》はない。ただ研《と》ぎ澄《す》まされた残酷さのようなものが、写真を通してさえ見て取れた。それこそが、凶暴なほどの若さなのだろうか。

「今見ると、やっぱ若いなと思うけど」

顎を指でさすり、祇園が眉を寄せる。

躊躇なく暴力を振るい、冷淡な割り切りを見せる狩納は、今も昔も恐ろしい人非人《にんぴにん》だ。しかし初めて出会った頃の狩納と、今の男との間になに一つ変化がないと言えば嘘になる。

写真に見入る綾瀬を、祇園はちらりと見下ろした。

「これ、大学ですか？　お二人が知り合ったのは、大学じゃなかったんですよね？」

興味津々といった様子で、綾瀬が尋ねてくる。

「兄さんとは、バイトの関係で知り合ったんや」

「同じところで、働いてたんですか？」

「まあそんなとこやな」

内心唸りを上げながらも、頷いてみせる。

綾瀬は見るからに育ちのよい、真っ当な少年だ。ありのままを話せば、怯えさせるのは目に見えている。

つくづく住む世界が違う相手に、狩納は魅入《みい》られてしまったものだ。

「俺も兄さんも、同じ時期にバイト辞めてな」

綾瀬には語れない、長山に暴行された夜の暗さが蘇る。

狩納に救い出された後、祇園は血まみれのまま、池袋駅に連行された。交番近くの植え込みに細工し、そこへ画像を隠していたのだ。

目的の画像を手にしても、狩納は嬉しそうな顔一つしなかった。怪我に呻く祇園を明け方の駅に残し、一人タクシーに乗り込んだ。

「それっきり、もう絶対会うこともないやろと思とったわけ」

もう、絶対にこの男には関わるまい。

底冷えがする十二月の冷気のなかで、祇園は堅く堅く心に誓った。

生涯狩納につくすと誓った言葉など、跡形もない。

配達員の仕事も、すぐに辞めた。少しでも早く、狩納に関わる世界から遠ざかりたかったのだ。

今後は必ず、真っ当に生きよう。

平穏な世界に舞い戻った祇園は、心を入れ替え大学生活に専念した。

「そしたらその矢先、偶然学校で会《お》うたわけよ」

吐き出した声が、重たく曇る。

思い出すだけで、足から力が萎《な》えそうだった。

あれは、偶然などというものではない。

いつものように、祇園が大学の構内でロッカーを開いた時だった。

背後から伸びた腕が、金属製の扉を勢いよく閉ざした。響き渡った金属の悲鳴が、耳の奥にこびりついている。

ぎょっとして振り返った目に映ったのは、大柄な男だった。

黒々とした影を引きつれた男の口元が、よう、と動く。

つまらなさそうに立つ狩納の姿を見つけた時、多分祇園は悲鳴を上げていたはずだ。

「そんなことが……」

「いやもう、ほんまあん時は驚いた」

しみじみと呟く。

最初、祇園は狩納が同じ大学の生徒だなどと、微塵《みじん》も考えなかった。

狩納の身辺を探ろうと張りついていた時でさえ、そんな気配は少しもなかったのだ。それどころか、名前を知ることもできず、ただ幾つかの写真を手にしただけだった。

「ちゅうか、すぐには同じ大学の生徒やなんて一ミリも考えんかったわ。この写真、撮るまでは」

綾瀬が手にした写真を、苦々しく見下ろす。

狩納が授業を受ける姿を見ても、祇園は俄には現実を受け入れられずにいた。

逃げられないのだろうか。

全てが真実だと悟った時、祇園はそんな不安に再び悲鳴を上げた。

「すごいですよね。なんか、運命って言うか」

輝く目で、綾瀬が祇園を見上げる。

「そうなんや。ここまで来ると、もう呪われてるとしか思えへん。おそらく前世で犯した罪の報《むく》いかなにかが……」

「な、なにを言うんですか。俺、狩納さんにとって、祇園さんって特別な存在だと思うんですよ」

形のよい唇が、丁寧《ていねい》に言葉を選んだ。

祇園の眉間が、深い皺を刻む。

「……特別な下僕《げぼく》…?」

真顔で尋ねた祇園に、綾瀬が瞳を見開いた。

「そんな、冗談ばっかり！　アルバイトとか学校とか…きっかけはなんでも、その後ずっとつき合いが続いてるのは、お互い大切に思ってるからでしょう？」

「大切……」

思わず、祇園は雑誌の山に蹲った。

あり得ない。

ここまでくると、言葉の暴力だ。自分と狩納との間に、これほど不似合いな言葉があるとは思えなかった。

「だから俺、…今回のことも、狩納さんは絶対、力になってくれると思うんです」

立ち上がる気力もない祇園の傍《かたわ》らへ、綾瀬が膝を折る。

真剣な瞳で覗き込まれ、祇園はぎくりとした。まさか、アタッシュケースの現金や、祇園の嘘について、綾瀬はなにか勘づいているのだろうか。

「こ、今回…？」

「……仕事で、トラブルがあったって…」

長い睫が、痛々しげに伏せられる。大きく、祇園は息を吐いた。

「…俺が力になれることがあればいいけれど…絶対、狩納さんの方が頼りになるだろうし…」

だから、早く相談をした方がいい。

真摯《しんし》な声で訴えられ、祇園は目を閉じた。

どんな危機的な状況であれ、狩納に助力を乞えば、男は必ず応えてくれる。

綾瀬には、その確信があるのだろう。あるいは、そうであって欲しいと、願うのだろうか。

祇園にとっては、絶望的な望みだ。

あの駐車場で散々殴られた夜、祇園は大声で狩納に忠誠を誓った。しかしそれを、あっさりと反故《ほご》にしたのも祇園だ。

狩納だって、心底から祇園を信じたとは思えない。

それは、今も同じだ。

あの時から確かに自分たちの関係は続いているが、それは個人的な友情や信頼関係とは無縁だった。

馴れ合いを嫌うとか、そんな格好のいいものでもない。

ただ自分たちは、その始まりから嘘にまみれていた。それだけだ。

「…ほんまに兄さん、助けてくれると思う？」

目を開き、綾瀬を見上げる。桃色のエプロンの裾《すそ》を、細い指がしっかりと握り締めていた。

「はい」

迷う素振りを見せず、綾瀬が頷く。

思わず、祇園はちいさく吹き出した。

それは自嘲《じちょう》でもなければ、嘲笑でもない。さっぱりと涼しい笑いは、祇園を惨めにさせなかった。

残念なことに、綾瀬がいかに言葉をつくしてくれても、狩納に対し楽観視する気持ちは生まれない。

しかし綾瀬の力強さは、祇園の胸にあたたかな痛みを灯した。

この綾瀬の信頼は、どこからくるのだろう。

それは、狩納に対するものだけではない。嘘にまみれた自分のような男に、狩納の信頼を勝ち得るなにかがあると、思ってくれているのだろうか。

「敵わんなあ、綾ちゃんには」

本当に、敵わない。

笑いに揺れる体を、祇園は引き起こした。

「祇園さん…」

「兄さんに連絡取ってみよか。もう迎えに来てくれるかもしれへん」

今度こそ、その言葉に嘘はない。

この子だけは、早く狩納の許へ返してやろう。

自分と一緒にいても、綾瀬に利点など一つもないのだ。

「それじゃあ迎えが来るまで、少しでも片づけちゃいますね」

ぱん、とエプロンに両手を押し当て、綾瀬が立ち上がった。

肩を彩《いろど》るフリルや腰紐が、まるで羽根のように揺れる。あるいは豪華に包装された、特別な贈りもののようだ。自分に背を向けた愛らしい色彩を、祇園は眩しく見た。

綾瀬が言う通り、狩納に全てを打ち明けてしまえれば、どんなに楽だろう。アタッシュケースを抱え、綾瀬と共に事務所を訪れる自分を思い描き、祇園は溜め息を吐いた。

やはり、無理だ。

美人局に引っかかったと泣きつく以上に、そちらの方が余程絶望的だった。

「今日は雑巾《ぞうきん》とかなにも用意できなかったけど、今度はちゃんと持って来ますね」

ＣＤを集めながら、綾瀬が祇園を振り返る。

「も、勿論、祇園さんさえよかったら、ですけど」

慌ててつけ足された言葉の謙虚《けんきょ》さに、祇園は腰を屈めた。薄い綾瀬の肩を、掌で包む。

「祇……」

振り返った綾瀬の瞳が、間近で瞬いた。

伸ばした舌先で、ぺろりと、白い頬を舐める。口のすぐ真横を掠めた舌に、綾瀬がちいさく息を呑んだ。

「ごみ、ついとった」

本気とは思えない口調で舌を見せると、綾瀬が驚いたように頬をこすった。

「え？　ええっ？」

なにが起きたのか、理解できない。そんな様子で目を見開く綾瀬に、祇園が声を上げて笑う。

その耳に、曇った音が届いた。

玄関の呼び鈴を鳴らす音だ。

「……っ」

さっと、祇園の双眸から笑みが失せる。音に気づいた綾瀬もまた、戸口を振り返った。

来たか。

緊張が、背中を走る。

腕の時計を見下ろせば、時刻は午後九時すぎだ。こんな時間に訪ねて来る人間など限られている。

「……さすが兄さん、死角なしやな」

この部屋が狩納に知られるまで、もう少し時間を稼げると思ったが、甘かったようだ。祇園がごみ袋を手にした綾瀬を振り返る。

アタッシュケースと綾瀬とを部屋に残し、自分一人窓から逃げるか。

一瞬頭を過った考えを、祇園は首を振って否定した。たとえ金と綾瀬とを取り戻したとしても、狩納の怒りが収まるとは思えない。

この部屋があっさり割れたということは、これ以上どこへ逃げても同じということだ。

「ちょっと人が来たみたいや。綾ちゃん、待っとってもらえる?」

堅い声で、綾瀬に告げる。

大きく息を吸い、祇園は寝室を出た。

呼び鈴を鳴らすのをやめた拳が、乱暴に扉を叩いている。紙類が散乱する三和土に立ち、祇園は扉へ腕を伸ばした。

掌に、汗が滲む。ふと考え直し、祇園は扉についた覗き穴《アイスコープ》から廊下を覗いた。

祇園が住むアパートの扉は、合板のぐるりに金属をはめたものだ。家賃の安さを反映し、重厚な作りとは言いがたい。そこへ額を寄せた途端、どん、と激しい音が扉にぶち当たった。

「うわっ…」

力任せに、扉を蹴りつけたのだろう。みしりと音を立てて、蝶番《ちょうつがい》が軋んだ。

「綾ちゃんっ」

叫び、祇園が扉から飛び退《の》く。

通路に立っていたのは、狩納ではない。自らの目を疑いながらも、祇園は廊下を駆けた。

「なにがあったんです？」

エプロンを外していた綾瀬が、不安そうに祇園を振り返る。事情を説明する余裕もなく、祇園は扉の前にパソコンやテーブルを積み上げた。

「ええか綾ちゃん、なにも言わんと、すぐこっから逃げるんや」

扉とは反対にある、南に面した窓を開く。すぐ真下は、隣のビルとの境界線を示すブロック塀《べい》だ。今時東京では珍しい代物だが、黒く細い塀が蛇のように伸びている。塀の上を渡るのは勿論、アパートとビルの谷間は狭すぎて、通りにまで出られそうにない。

その代わり、隣のビルの非常階段が部屋の正面にある。距離は遠いが、窓枠を足がかりに飛び移ることは、不可能ではなかった。

「急いで！」

「で、でも…」

「大丈夫。ぎょんちゃんが身を以《もっ》て実証ずみや！」

玄関から自分を呼ぶ怒声と、蝶番が上げる悲鳴が聞こえる。

舌打ちをし、祇園は寝台の下からアタッシュケースを引き出した。

聞こえて来る怒声の激しさに、事態を理解したのだろう。綾瀬が迷いながらも、開け放たれた窓から身を乗り出す。大きく伸び上がって非常階段の手摺りを摑み、琥珀色の瞳が一度不安そうに振り返った。

「早く！」

「っ…」

精一杯手摺りを摑んだ体が、窓枠を蹴る。瘦せた体が、ぎこちないながらも非常階段へ飛び移った。

「ええぞ、綾ちゃん！　階段上って、上に行くんや！」

「ぎ、祇園さんは……？　それに、上って…」

「下は見張りがおるからあかん。早《はよ》う！　俺もすぐ行く」

抱えていたアタッシュケースを、非常階段へ放り投げる。重い音が、夜の街に轟いた。

「出て来い！　祇園っ」

荒々しい足音が、背後の廊下に迫る。玄関を破った男たちが、寝室を目指しているのだろう。振り返らず、祇園は非常階段へ飛び移った。

「……っ」

アタッシュケースを左手に提げ、階段を上る。砂埃で汚れた鉄の冷たさを素足に感じ、祇園は顔を歪めた。

靴を持って出る余裕がなかったのが、悔《く》やまれる。しかし不幸中の幸いか、靴を履いていないせいで、足音が響かない。男たちが寝室の扉を破る前に少しでも時間を稼ごうと、祇園は非常階段を駆け上がった。

「祇園さんっ」

屋上へ繋がる踊り場から、小柄な影が身を乗り出す。

「怪我ないか？」

息を乱す綾瀬の肘を掴み、上へ促す。

屋上へ出るためには、アルミ製の柵《さく》でできた扉を開けなければならない。扉には頑丈そうな鎖《くさり》と南京錠《なんきんじょう》が下がっているが、柵そのものは胸元くらいの高さしかなかった。

「下、見なや」

街の明かりのせいで、随分視界が利く。

アパートが隣接するのは、会社の事務所などが入る雑居ビルだ。屋上部分は地上六階に相当する。

二階から六階へ移動しただけで、体に当たる風が強さを増していた。時折強く吹く風が、屋上に溜まった砂埃をばらばらと巻き上げる。

砂埃を追って地上へ目を向けると、その高さに首筋がぞくりとした。いくら頑丈な祇園でも、ここからは飛べない。

綾瀬ならば尚更だ。

非常階段を上る足音がないか注意を払いながら、祇園は綾瀬の体を支えた。

青白い顔をした綾瀬が、言いつけ通り地上へ目を向けないよう、柵に飛びつく。

「よっしゃ。今度はあの看板伝いに隣のビルへ移動するんや」

自らも柵を越え、祇園がビルの南側にある看板を指す。看板は建物の左右一杯に、丁度柵と同じ高さまで掲げられていた。その脇には管理用《メンテナンス》の足場が組まれ、隣の建物と接している。

裏通りに建っていたアパートと違い、祇園たちが立つビルは表通りに面していた。飲食店が軒《のき》を連《つら》ねる通りに下りさえできれば、すぐにタクシーを摑まえられるはずだ。

尻ポケットに指を突っ込み、祇園は紙幣を探り出した。

幸い、タクシーを拾う金はある。そう考え、祇園は苦い笑みをこぼした。

指が切れそうな紙幣を、親指と人差し指とで擦り合わせる。

「祇園さん」

じっと紙幣を見詰めていたのは、一秒にも満たない時間だっただろう。看板へ駆け寄った綾瀬の声に、祇園は顔を上げた。

「荷物、俺が持ちましょうか？　怪我に響くと…」

アタッシュケースに腕を伸ばされ、祇園が目を見開く。

気遣われて初めて、祇園は打ちつけた右肩を思い出した。

綾瀬はまだ、アパートへ戻るための嘘を真《ま》に受けているのだ。そうだとしても、こんな状況下で他人を気遣えるものだろうか。

「心配してくれて、ありがとうな」

アタッシュケースを持つ腕で、力瘤《ちからこぶ》を作ってみせる。打算《ださん》のない綾瀬の瞳に、不覚にも鼻腔《びこう》の奥が痛みそうになった。

「大丈夫や！　ぎょんちゃん頑丈やし」

「でも…」

心からの礼を絞り、まだ気遣わしげな綾瀬を促す。

「それより、こっから出ることが先決や。ええか。俺のやる通り、あそこのコンクリートに足引っかけたら楽勝や。必ず向こうで支えるから…」

足場を示し、振り返ろうとした祇園が双眸を見開いた。薄暗い視界を、なにかが横切る。それが屋上へ走り出た人影だと悟ると同時に、叫びが上がった。

「綾ちゃんっ」

腕を伸ばそうとしたが、間に合わない。突進してきた男の一人が、綾瀬の髪を鷲摑《わしづか》んだ。

「やめろっ」

悲鳴を上げた綾瀬の体が、床に引き倒される。体を捻り逃れようとする綾瀬を、太い腕が押さえ込んだ。

黒い袖なしシャツを身に着ける男に、見覚えはない。抱えていたアタッシュケースを、祇園は力任せに振り回した。

「この……っ」

重いアタッシュケースが、男の頭を強打する。ぎゃっ、と悲鳴を上げた男が看板近くまで吹き飛んだ。

「動くんじゃねえ！　祇園」

「ぐ…」

屋上の出入り口を振り返ろうとした祇園の背中に、固い痛みが走った。

角材を振りかざした男の影が、視界に飛び込む。立て続けに脇腹を殴られ、体が沈んだ。

「…ぃ…」

「祇園さんっ」

悲鳴を上げ、小柄な体が飛び出して来る。がっくりとコンクリートへ落ちた祇園を庇うように、綾瀬が両腕を広げた。

「ちょろちょろ逃げ回りやがって」

怒声が、土埃で汚れた屋上に響く。

「う……」

痛む脇腹に掌を押し当て、祇園は視線を巡らせた。

余程慌てて屋上へ飛び出して来たのだろう。細身の人影が、大きく胸を喘がせていた。

二十代後半と思しき、若い男だ。

ぴったりと体に沿う、ジーンズの上着を身に着けている。右手にはめた銀の腕時計が、いかにも高価そうだ。

軽装だが、全てに金がかかっているのが解る。痩せた面長の顔立ちも、見苦しくはなかった。

しかし異様な力を宿した双眸が、男の本質を物語っている。

新見だ。

「教えてやっただろ。ちゃんと見張ってるってな。余計な手間かけさすんじゃねえよ！」

怒鳴り声を上げ、新見が足を振り上げる。避ける間もなく顔を蹴り上げられ、祇園は声を上げてもんどり打った。

「やめて下さいっ」

張り詰めた声が、間近で弾ける。

「やめ……、綾……」

混乱と恐怖のなかで、本来なら声を上げることも難しいはずだ。それにも拘らず、果敢《かかん》に制止を叫んだ綾瀬に、祇園は顔を歪めた。

男たちの視線が、綾瀬に集まる。突き刺さるような視線の先で、青褪めた綾瀬が息を呑んだ。

それでも、綾瀬の瞳は新見から逸らされない。

「なんだ、お前」

綾瀬の存在に気づき、新見が眉をひそめる。新見の後ろに続いていた男の一人が、綾瀬の肩を摑んだ。

「放……」

「へえ、可愛い顔してんじゃねえの」

腰に白い上着を巻きつけた男が、好色そうな声を上げる。夕方狩納の事務所の前で見かけた、あの男だ。

他にもジーンズに両手を突っ込み、きょろきょろと周囲を見回す男に見覚えがあった。もう一人、ずんぐりと太った男も、新見と一緒にビデオ制作会社へ怒鳴り込んできた腰巾着《こしぎんちゃく》の一人だ。

厄介《やっかい》なことになった。

焼けるような脇腹の痛みに耐え、呼吸を整える。

屋上に立つ男たちは、全部で五人。もしかしたらビルの入り口や、祇園のアパートにも、仲間を残しているかもしれない。

これほど大がかりな追跡を受けるとは、正直祇園は考えていなかった。

「仕事中だろ、緒沢《おざわ》」

嫌そうに顔を歪めた新見が、動きを止める。明かりに照らされる綾瀬の容貌に、新見が双眸を見開いた。

「おい祇園、こいつ、お前の女なのか？」

興味を示した新見に、祇園が大きく首を振る。

「な…わけないやろ、その子…は男や男…！　ただの、どっちゅうことない知り合いで…、たまたま会《お》うただけや…！」

「マジかよ」

緒沢と呼ばれた男が、綾瀬へ腕を伸ばした。胸元を鷲掴まれ、綾瀬が声を上げて体を捻る。

「その子に触るなっ…！」

更に追おうとした緒沢に、祇園が怒声を上げた。

「うるせえんだよ」

まるで石を蹴るように、新見が祇園の体を蹴り上げる。焼けるような痛みが脇腹を襲い、祇園は声を上げて体を丸めた。

「げ……っ…」

吐き気が内臓で暴れ回り、声を堪えることができない。

土埃で汚れた床に額を擦りつけ、祇園は犬のように呻いた。

「祇園さんっ」

取り縋ろうとする綾瀬を、緒沢が引き剝がす。嫌がって逃げようとするが、背後から羽交《はが》い締《じ》めにされ、綾瀬が悲鳴を上げた。

「……その子は放したって…。関係…あらへんやろ…っ…」

喋《しゃべ》るたびに、口のなかに鉄の味が広がる。荒い呼吸を繰り返す祇園を、新見が笑いながら覗き込んだ。

「どう関係ねーんだ。俺の女、傷物にした挙《あ》げ句《く》、金持って逃げた男と、一緒にいたんだぜ？　関係大ありじゃねえか」

祇園が抱えていたアタッシュケースを、新見が掌で叩く。

これは、お前の金ではない。

その言葉が喉まで迫り上がったが、祇園は痛みと共に呑み下した。

この場で新見と問答しても始まらない。問題は、どうやって逃げるか、それだけだ。

「に…逃げるやなんて…、約束の期日までには、まだ…」

「うるせー！　じゃあ金ができたのに、どうして顔を出さなかったんだ」

「…折角《せっかく》新見さんにお会いするなら…、おめかしして出かけよ思て…」

「ふざけんな！」

怒鳴った男が、靴底で祇園の背中を踏む。呼吸が詰まり、祇園は咳《せ》き込んだ。

「…え、ええんですか、新見さん…」

「なにがだ？」

コンクリートに額を擦りつけたまま、祇園が歪んだ声を出す。

「お、俺みたいなんに、こんな手間かけて…。こんだけ人手割《さ》いたら、…えらい経費がかさむんと違いますか…」

屋上に立つ男たちを、祇園は頭を持ち上げ、見回した。

新見の執念深さを過小評価していたのは、祇園の失敗だった。少し賢い男なら、最低限の労力で、最大限の成果を得ようとするだろう。こんなにも人手を割いて金を作っていては、効率が悪い。しかし新見はそうした効率よりも、制裁的な要素を重視する男なのだ。否。相手を追い詰める過程そのものを、楽しんでいるのかもしれない。

蛇のような執念深さと残酷さに、祇園は奥歯を噛みしめた。

「俺の懐《ふところ》具合を心配してくれるのか？」

肩を竦め、新見が男たちに目を向ける。

「俺から幾らか取れたとしても……こんだけ人手使《つこ》たら、…新見さんの取り分が減ってまうんと違《ちゃ》います」

「だから？」

「…約束通り、期日明日まで待ってもらえませんやろか。そしたら、新見さんと俺だけの取引で…」

祇園の声を遮《さえぎ》り、新見が声を上げて笑った。従えた男たちも、にやにやと顔を見合わせる。

「いい考えだが、お前にも解ってんだろ。もう十分手間賃《てまちん》はかかっちまってんだよ」

お前がうろうろ逃げるんでね。

うんざりと肩を竦めた新見が、緒沢を振り返った。正確には、緒沢に取り押さえられた綾瀬をだ。

「…っ」

じっと瞳を覗き込まれ、綾瀬が息を詰める。

革靴の靴底を鳴らし、新見が綾瀬に近づいた。

「緒方、後ろを犯《や》ったことあるか？」

「ねえよ。新見さんみてえにマニアックじゃねえもん」

唐突な新見の言葉に、緒沢が下卑《げび》た笑いで応える。

「放……」

「けど試してみるのも、悪くねえかもな。あそこは女も男も変わんねえって言うし。こんだけ可愛いきゃありじゃねえ？」

羽交い締めにされた綾瀬の顔を、緒沢がべろりと舐め上げた。悲鳴を上げた綾瀬に、新見が腕を伸ばす。

「やめろ！　その子に構……」

「他人《ひと》の女、傷物にした手前ェに、止める権利なんかないだろ。報復ってやつだ、これは」

叫びを上げようとした祇園を、鈍い衝撃が打ちのめした。振り下ろされた角材が、背中に食い込む。

骨に響く激痛に、祇園は声を上げた。

「協力するぜ、新見さん！」

屋上を歩き回っていた男の一人が、角材を示す。

「俺ら、友情に厚いからよ」

どっと笑い声が湧き、祇園はコンクリートの床に爪を立てた。

「みんなでたっぷり、報復してやるよ」

調子に乗った緒沢が、綾瀬の尻に自らの腰を擦りつける。

「…ぃ…」

悲鳴を呑んだ綾瀬の腰から、新見がジーンズをずり下ろした。

「やめ……」

「おいおい、マジで男なのかよ、こいつ」

夜目にも鮮やかな白い肌に、男たちの視線が突き刺さる。男物の下着に包まれた綾瀬の股間《こかん》を、男たちが眺め回した。

「触ってみろよ、森山《もりやま》」

頭を押さえ、蹲っていた男に緒沢が声をかける。森山と呼ばれたのは、先程祇園に鞄で殴られた男だ。

「お、俺っすか」

「嫌ならいいぜ」

笑った新見が、綾瀬の股間に腕を伸ばす。下腹へ指を押し当てられ、ひっと綾瀬が息を詰めた。

「男の癖《くせ》に、可愛い表情《かお》すんじゃねえの」

ぺろりと、新見が唇を舐める。他の男たちも、食い入るように綾瀬の肌を注視した。

堪りかねたように、緒沢が腕を動かす。

「や……」

シャツを捲《まく》り上げられ、綾瀬がびくんと体を反らせた。

「妙に興奮すんな」

囁いた新見が、ぐっと綾瀬の股間を握る。

「い…っ…」

悲鳴に、男たちを包む興奮が濃度を増した。布越しに感じる綾瀬の股間を、新見が乱暴に揉《も》む。

「痛……」

快感を与えるというより、いじめるための動きだ。全体を乱暴に握られ、綾瀬が唇を噛む。

「男にいじられて、嬉しいか？」

苦痛に耐える綾瀬を、新見がにやにやと覗き込んだ。屈辱的な言葉に、綾瀬が一瞬、視線を上げる。

しかし胸を撫でた緒沢の掌に、びくりと体を強張らせた。

「駄目だ。全然膨《ふく》らんでねえ」

「当たり前だろ。バカじゃねえのか、お前」

男の一人が、横合いから腕を伸ばす。緒沢の腕を押し退け、太い指が綾瀬の胸を探った。

「っ……」

引きつるように、綾瀬が唇を嚙みしめる。男たちの指が、乱暴に乳首を摑んだのだろう。シャツの下で、二本の腕が勝手な動きで蠢いた。

「やめてくれ…！　金は渡すっ」

祇園の叫びに、新見が振り返る。欲望にぬれた目が、にやにやと笑った。

「せやから、その子は……」

「こそこそ逃げたりせずに、最初からそうやっておとなしくしてればよかったんだ」

薄い肩を、新見が竦める。綾瀬の股間を離れた新見に代わり、緒沢の掌がそこに押し当てられた。

「頼む…」

「金を置いて行け」

言い捨てられ、祇園が痛む体を引き摺る。すぐにでも綾瀬へ這い寄ろうとした祇園を、新見の靴底が押し返した。

「待て。こいつも置いて行くんだ」

「な……」

羽交い締めにされた綾瀬を示され、祇園が声を上げる。

「その子はほんまに関係ないんや！」

「うっせー男だな。こいつと金置いて行ったら、お前は勘弁してやるって言ってんだぜ？」

腕を伸ばした新見が、綾瀬のシャツを引っ張った。仕立てのよいシャツが歪み、襟元を飾る金具が弾ける。

「っ……」

「俺に逆らうとろくなことがねえって、これでお前もよく解っただろ。それよりどうだ。俺の下で働かないか」

唐突な申し出に、祇園は眉をひそめた。

「悪い話じゃないだろ。お前らの仕事を、俺が手助けしてやる。それにこいつ。こんだけ可愛い顔してるんだ。あの女なんかより、もっとでかいカモを引っかけられるぜ。こいつで稼げれば、お前も嬉しいだろ？」

「な……」

祇園から金を巻き上げるだけでは、新見は満足しないというのだ。

「それともこいつ庇って、その格好で大立ち回りとでもいくのかよ」

格好いいねえ。

歯を剝き出しにした男たちが、口々に囃《はや》し立てる。

男たちが笑うように、得物《えもの》を持った多勢《たぜい》に無勢《ぶぜい》で立ち向かおうなど、正気の沙汰ではない。

両手をつき、体を支えるコンクリートに、額からしたたる血が散っていた。抱えていたアタッシュケースにも、祇園が流した血がこびりついている。

黒い染みを見下ろし、祇園は低く呻いた。

新見の目的は、最初から金だけに留まってはいなかったのだ。祇園を取り込み、彼が精通する業界に食い込むことが狙いだったのだろう。旨味《うまみ》のある仕事で荒稼ぎをし、危なくなれば祇園を切り捨て、自分たちは逃げればいいのだ。

「欲張りすぎやで、それ…」

声をもらそうにも、口のなかが鉄の味で気持ち悪い。

「祇園、この鞄、開けて行けよ」

立ち上がれない祇園から、新見がアタッシュケースを取り上げた。

頑丈なアタッシュケースには、二重の鍵が施されている。立ち去る前にそれを開くよう命じられ、祇園は鞄を見た。

すでに鞄を我がものとした尊大さが、新見の声には滲んでいる。

勿論そこに詰められた現金は、新見のものではない。

同時に、祇園の持ちものでもなかった。

男たちに羽交い締めにされ、体を探られる綾瀬もまた、祇園のものではない。

全ては、狩納のものだ。

改めて込み上げるその事実に、祇園は深々と息を吸い上げた。

血はまだ固まることなく、あたたかく祇園の顔を汚している。この痛みが自分の軽率《けいそつ》さの代償だとすれば、もう十分にその報復は受けたはずだ。

これ以上他人のもののために、自分が血を流す必要があるだろうか。

その疑念は一度湧き上がると、祇園の体を重たく満たした。

逃げ足と調子のよさ、そして変わり身の早さが、自分の長所だったはずだ。そんな自分が他人の金や愛人を庇い痛い目を見るなど、まるで主義に反している。

「……ぎょんちゃんのキャラクターやないよな…」

傷ついた体を支え、祇園はコンクリートの床に立ち上がった。鞄に向け、重い体を引き摺る。

シャツをむしり取られた綾瀬が、大きく瞳を見開いた。悲鳴を堪える唇が、祇園さん、と動く。

「逃げたりしなければ、怪我せずにすんだのにな」

ジーンズから鍵を取り出した祇園を眺め、新見が笑う。新見に見えるよう、祇園はアタッシュケースを床に据えた。

血で汚れた手で、鍵を鍵穴に滑り込ませる。

泣くこともできず、自分を凝視する綾瀬の瞳から、祇園は視線を引き剝がした。

躊躇や同情は、いつでも体を重く縛る。

そんなものは最初から抱くべきでなく、抱いたとしても必要とあれば気前よく捨てるべきだ。狩納だってこの自分に、身を挺《てい》してなにかを守ることなど、期待していないはずだ。

「……これで、ええんですか」

かちゃりと、ちいさな音が夜に響く。

開かれたアタッシュケースに、男たちの視線が集まった。

頑丈な鞄を、大量の札が埋めている。

帯封《おびふう》がなされていない札は、乱暴に扱われてぐしゃぐしゃに入り乱れていた。それでも詰められた札の多さに、男たちが息を呑む。

「すげ…」

呻くような声が、男の一人からもれた。

真っ当な暮らしをしていたら、なかなか拝める額の現金ではない。ぺろりと、新見が舌舐めずりをする。

他の男たちの目にも、取り憑かれたような輝きがあった。

「マジかよ」

男たちの一人が、アタッシュケースへ歩み寄る。綾瀬を羽交い締めにしていた緒沢も、体を乗り出した。

「自分の目でよう拝んで下さい」

男たちに差し出すよう、祇園がアタッシュケースを摑んだ。

「やったぜ！　こんだけあれば、派手に……」

浮かれた男の声が、半ばでもぎ取られる。ずっしりと重い鞄を両手に掴み、祇園は力任せにそれを放り投げた。

「な……！」

声にならない悲鳴が、辺りに響く。

風が、耳元で大きなうねりを作った。

「やめろ…っ」

ひっくり返された鞄から、音を立てて札がこぼれ落ちる。まるで時間が止められたかのように、男たちが棒立ちになった。

横殴りに吹きつけた風が、薄い紙を宙へ巻き上げる。暗い空へ吸い上げられる札を目《ま》の当《あ》たりにし、改めて男たちの口から悲鳴が上がった。

「な、なにしやがるんだ、お前…っ」

怒鳴り、男たちが札へ飛びつく。屋上を囲む手摺りは、男たちの胸の高さまでしかない。その上、柵の目は札がすり抜けるのに十分だった。

「拾えっ！　おい、足立《あだち》っ」

楽々と手摺りを越えた紙幣たちが、通りへと降り注ぐ。

悲鳴を上げ、男たちが床に這った。ある者は手を伸ばし、指先を擦り抜けてゆく紙幣を掴もうと足《あ》

10000
壱万円
NIPPON GINKO

搔《が》く。

もう綾瀬を取り押さえるどころではない。

「…っ……」

空になったアタッシュケースを、祇園が渾身《こんしん》の力で振り上げる。一息に踏み込むと、緒沢の顔面に堅い鞄をぶち当てた。

「ぐ…っ……」

舞い上がる紙幣に、すっかり意識を奪われていたのだろう。身構えることもできず、緒沢がどっと音を立てて転がった。

「大丈夫か、綾ちゃん」

緒沢の体を押し退け、一緒に床へ崩れた綾瀬を助け起こす。

呻いた綾瀬の肩を摑み、改めてその薄さにずきりと胸が疼《うず》いた。

同性とはいえ、あまりにも脆《もろ》く、力ない体だ。この体で、綾瀬は祇園を責める言葉一つ口にすることなく、男たちの暴力に耐えた。

「ぎ、祇園さんは……」

よろめきながら、綾瀬が体を支える。血を流す祇園の姿を見上げ、痛々しそうに顔を歪めた。

こんな時でも他人を気遣う綾瀬に、鼻腔の奥がちりりと痛んだ。

「平気や。立てるか」

素早く綾瀬に肩を貸し、祇園は屋上を見回した。まるで子供の玩具のように、広い屋上に紙幣が舞っている。

「触るな！　それは俺んだ！」

手摺りを越え、通りに舞った紙幣を取り戻そうと、男の一人が大きな怒鳴り声を上げていた。通りでは突然降り注いだ紙幣に、通行人が群がっているはずだ。

「駄目だ新見！　飛んじまうっ」

泣き声を上げ床に這う男を、新見が突き飛ばす。

「祇園っ」

屋上の出口を目指した祇園へ、新見が突進した。両手に紙幣を握り締めた新見の双眸は、焔《ほむら》のような怒りに燃えている。

「このガキ、ふざけやがって…！」

力任せに太腿《ふともも》を蹴られ、祇園の体が扉に激突した。

「やめて下さいっ」

割って入ろうとする綾瀬を、祇園が左手で制す。扉の把手《とって》に摑まり、祇園は傷ついた体を引き起こした。

「早《はよ》う行け、綾ちゃん」

ぎぃぃ、と軋みを上げ、扉が開かれる。

エレベーターは、すぐ目の前だ。一階まで逃げることができれば、後はどうにでもなる。

大きくなった通りの騒ぎは、今や祇園たちの耳に届くまでになっていた。これだけの金額が突然降り注いだのだ。万が一地上に新見が見張りを立てていても、金を拾うのに夢中になっているだろう。

「そんなこと……」

「ええから、行け！」

怒鳴り、祇園は自分を支えようとする綾瀬を突き飛ばした。悲鳴を上げた綾瀬が、建物へ倒れ込む。

「祇園さんっ」

叫びが背中にぶつかったが、祇園は振り返らなかった。体重をかけ、重い扉を閉ざす。

綾瀬だけは、逃がさなければ。

誰かのために自分を犠牲にするなど、祇園の主義ではない。そんなこと解りきっているはずなのに、気恥ずかしい使命感に衝き動かされる自分を嗤った。

「格好いいじゃねえか、祇園」

口元を引きつらせた新見が、怒りを込めて唾を吐く。

同じように、祇園も顔を歪めて笑った。

「せやろ。我ながら惚《ほ》れるわ」

素足を踏み締め、背後の扉を庇う。

「ふざけんな！」

新見の拳が、宙を切った。

「っ…」

顔面を狙った拳を、体勢を低くしてかわす。そのまま、祇園は新見の懐へ突進した。

「この…っ」

縺《もつ》れるように、二人の体が倒れる。すぐに離れようとした新見の襟首を掴み、祇園はその脇腹を殴りつけた。

げえ、と潰れた声が上がる。立て続けに拳を叩き込んだ祇園を、今度は新見の拳が薙ぎ払った。

「ぐ…っ…」

こめかみから頭蓋骨へと響いた痛みに、視界がぶれる。呻いた祇園を突き飛ばし、新見が素早く立ち上がった。

「クソガキが！」

罵《ののし》った新見が、懐からなにかを探り出す。

刃渡りの長いナイフが、薄闇のなかで光を弾いた。

「……ほんま、格好よすぎるわ」

毒づき、立ち上がろうと壁に腕を這わせる。

薄いシャツしか身に着けていない祇園は、身を守るものなどなにも持たない。それどころか血を流し、立っているのもおぼつかない有様だ。

全くお笑い種にもほどがある。

少しでも思考を鮮明に保とうと、祇園は大きく息を吸った。上がる息と口腔に充満する血の味のせいで、口が渇く。

「殺してやる！」

叫んだ新見が、大きくナイフを振り上げた。

「…っ」

ふらつく足で、どうにか床を蹴る。転がるように床へ逃れた祇園の背後で、扉が重い音を立てた。

「な…」

まさか階下にいた新見の仲間が、駆けつけて来たのか。

「綾……」

綾瀬は、どうなったのだ。

思わず扉を振り返った祇園の隙を、新見は見逃さなかった。銀色に光る刃物が、祇園の頭上に振りかざされる。

駄目だ。

新見の動きは見えているのに、傷ついた体では反応できない。咄嗟に、祇園は両腕で頭を庇った。

金属製の扉が開く音が、耳に轟く。

続いて上がった悲鳴に、祇園は頭を抱える腕へ力を込めた。

「……っ…」

しかし予想した痛みは襲ってこない。屋上に響いた悲鳴もまた、祇園のものではなかった。

頭を抱えた腕を解かないまま、恐る恐る顔を上げる。

「ぁ…」

黒い影が、頭上に落ちた。

夜よりも暗い闇に、自分は頭から呑み込まれたのではないか。一瞬自分を包んだ錯覚に、愕然と目を見開く。

圧迫されたように息が詰まり、祇園は首を仰け反らせ、頭上を仰いだ。

濁った空とは比べものにならない暗さが、目の前を塞いでいる。

それが大柄な人影であることを、祇園は瞬時には理解できなかった。

男だ。

街の光が、頑丈な男の体軀により深い影を落としている。見てはいけないものを見たように、祇園はその暗さから目を逸らすことができなかった。

「狩納……兄さん……」

血の味がする唇が、低い呻きをもらす。

自分の声が耳に届いても、祇園はその現実を信じられずにいた。

「なん…でや、なんで、兄さんが……」

これは、幻《まぼろし》ではないのか。

痛む頭で、祇園は茫然と自問した。

こんな場所に、狩納がいるはずがない。だがこれが本当に現実だとすれば、綾瀬は助かったのだ。

彼は、無事なのだ。

「来てくれたんか…。綾ちゃんは……」

尋ねようとした祇園の目の前で、狩納が拳を固める。

新見が、息を呑んだ。

風が、唸る。眼前に影が迫り出したと思った瞬間、祇園は自分目がけて繰り出された狩納の拳を見た。

「が…っ…」

痛みよりも衝撃に、目の前に火花が散る。

まるで軽い人形のように、祇園の体がコンクリートを転がった。

「な…なんだ、手前ェっ」

新見の怒鳴り声が、遠くで聞こえる。

ナイフを手に祇園へ躍《おど》りかかろうとした直前、見知らぬ男が現れたのだ。驚かないわけがない。

見開こうとする視界が、暗くちらつく。頭蓋一杯に耳鳴りと不快感が詰め込まれ、思考が散った。

ただ一つ理解できるのは、目の前に立つ狩納の影が現実であり、綾瀬が安全な場所に逃げおおせたということだけだ。

「うちのが世話になったみてぇだな」

低い声が、屋上に落ちる。

静まり返った狩納の声音は、風音を押し退け、不気味に響いた。気圧されたように、ぐっと新見が息を詰める。

懸命になって札を掻き集めていた男たちも、動きを止めた。

「迷惑料は、安くないぜ」

踏み出した狩納の動きに、悲鳴が重なる。黒く塗り潰される意識のなかで、祇園は声を上げて笑ったつもりだった。


石を呑んだように、胃が重い。

昨日以上の曇天が、重たく新宿の上空を覆っている。

擦り傷だらけの手で、祇園は把手を摑んだ。力を込めようとすると、情けなく腕がふるえる。

「……やっぱ無理や、絶対、無理や……」

呻き、祇園は扉の前に蹲った。

アタッシュケースを携え、同じ帝都金融の扉をくぐってから、まだ一日しか経っていないなど、信じられない。

決して、短い一日ではなかった。むしろ祇園の命運を大きく変える、とてつもなく長い一日だった。

「絶対、殺される……」

低い声をもらすと、切れた口《くち》の端《は》が痛んだ。唇だけでなく、思いきり殴られた顔や、脇腹、背中など、痛まない場所はない。

だがそんな痛みは、問題ではなかった。

腫れ上がった瞼で、扉を見上げる。

引き返すべきか。

男から逃げきることは、難しいだろう。だがこの扉をくぐれば、確実に恐ろしい現実が待っている。

死刑台への階段を上るのは、こういう気持ちだろうか。

胃が迫り上がるような不快感に、祇園は奥歯を嚙んだ。

新宿へ訪れるまで、幾度となく繰り返し、覚悟を決めたはずだ。それにも拘らず、狩納の事務所へ近づくにつれ、足が重くなった。

今では、立ち上がることも難しい。

地獄への扉を、自らの手で開かなければならない現実を、祇園は呪った。

「………自業自得《じごうじとく》やないか」

扉に額を押しつけ、ゆっくりと息を吸う。

どくどくと、自分の鼓動が聞こえた。

「南無三《なむさん》」

呟き、一息に扉を開く。

「失礼しまっす！」

事務所を満たす蛍光灯の明かりに、目が眩んだ。それでも真っ直ぐに立ち、祇園は大声を張り上げた。

「狩納社長はいらっしゃいますでしょうかっ」

祇園の声に、事務机に向かっていた久芳が振り返る。腫れ上がった祇園の顔に、久芳が眉根を寄せた。

「社長は……」

「社長室でっか。失礼しますっ」

一礼し、大股に社長室へ向かう。ぐっと腹の下に力を込め、祇園は社長室の扉を合図した。

「失礼し……」

「うるせぇぞ。誰だ大声上げやがって」

扉を開いた途端、怒鳴り声が飛ぶ。雷に打たれたような衝撃に、祇園はなにも考えられず平伏した。

「堪忍して下さいっ」

「……何だ。手前ェか」

飛び込んで来たのが祇園だと気づき、狩納の声が低くなる。

そんな声にさえ、がたがたと全身がふるえた。

「えらいすんませんでした…！」

腹の底から吐き出し、絨毯へ額を擦りつける。

頭が真っ白になって、言葉が出てこない。掌がじっとりと汗ばみ、喉が渇いた。

「間違いとはいえ、兄さんの鞄持ち出してしもたことも、綾ちゃん連れ回したことも、その上綾ちゃん危ない目に遭わせてもたことも、結局鞄空にしてもたことも、ほんまにすんませんでしたっ！」

堅く目を瞑り、ただただ頭を下げる。

どれ一つ取っても、今この場で斬って捨てられてもおかしくない罪状だ。その罪深さに、言葉にするだけで喉が焼ける心地がする。

「…全く派手にやってくれたよなあ」

低められた声音と共に、ばさりとなにかが投げて寄越された。

「…っ」

ひっと戦《おのの》き、顔を上げる。投げられたのは、今日の日付の新聞だ。

広げられた記事の一隅に、見慣れた建物の写真があった。その脇には、屋上から札束、という見出しが踊っている。

「手前ェが警察に引っ張られて、事情聴かれるのは勝手だが、あれはお前の金じゃねえだろう」

ふるえる指で、祇園は新聞を引き寄せた。

記事自体はちいさいが、昨日の騒動が報じられている。突然ビルの屋上から大量の紙幣が撒かれたのだ。騒ぎにならないはずがなかった。

幸い、怪我人はいなかったようだ。誰がなんの目的で金を撒いたのかは、現時点では不明とある。

新聞を手に、祇園は狩納を見た。

自分自身の金を捨てる目的で撒いたとしても、通行人を混乱させた廉《かど》で警察に連行されるのは当然だ。しかもあの金は、祇園自身の金でないどころか、これ以上なく疚《やま》しい代物だった。

それにも拘らず、祇園は警察に呼び止められることなく、今ここにいる。

一つには、警察が駆けつける前に、現場から逃げられたことも大きいだろう。だがそれだけでなく、狩納が今回の一件が波紋を広げすぎないよう、手を打ったのだと直感した。

「ほんまに、ほんまに……」

「どんな気分だ、祇園。俺の鞄盗んで、綾瀬拉致《らち》って逃げた上に、あいつ危ねえ目に遭わせたってのは」

ぎしりと、狩納が椅子を軋ませて立ち上がる。

どっと背中に冷たい汗が吹き出し、祇園は絨毯に爪を立てた。

「祇園寅之介、一生の不覚でした…！」

鞄を持ち出してしまったことも、綾瀬をタクシーに詰め込んでしまったことも、そこまでならば祇園にも言い分はある。勿論それが通るとは思っていない。しかし綾瀬を危険に曝した上に、狩納の金をばら撒いたのは祇園自身の責任だ。そんなつもりではなかったなどと、たとえ言い訳であっても口にはできない。

「不覚ですむ話かよ」

ゆっくりと近づく狩納の気配に、息が詰まった。平伏していても、自分の上に暗い影が落ちるのが解る。

自分を見下ろす男の影に呑み込まれ、奥歯が鳴った。

「ど、どんな償《つぐな》いでもさせてもらいます…！　ぼ、僕は…」

ごつりと、重い衝撃が背中に落ちる。

「が……」

痛みと衝撃に、肺が圧迫された。

息が、できない。

強い力で背中を踏まれ、祇園は呻きも上げられず床に這った。

「次はねえって、言ったよな」

静かに、狩納が呟く。

「…ぐぇ…」

懇願を絞ろうにも、声が出ない。背中の痛みと耳鳴りに、祇園はばたばたと手足をもがかせた。

このまま床に押しつけられていれば、本当に窒息《ちっそく》するのではないか。あるいはもう少し男が足に体重をかければ、背中の骨が折れるかもしれない。

「どうだ祇園、今死ぬか？」

それとも、と、狩納が言葉を切る。

ほんの少し、背中に加わる力が失せ、祇園は床を掻きむしった。

「げ……」

「俺のために体を張るか、二つに一つだ」

冷たく響いた声音に、祇園が全身で頷く。迷う余地など、ありはしない。

「死にます！　死にます！」

叫んだ祇園の背中から、ようやく狩納の重みが退いた。酸素を求め、激しく咳き込んだ祇園が床を転がる。

「今死にてえのか」

「ち、違います！　兄さんと綾ちゃんのために、死にますっ」

海老《えび》のように体を折り曲げ、祇園は大きな声を張り上げた。痛みと窒息の苦しみで、両目に涙が滲む。

本当に、殺されるかと思った。

否、男は本気だったに違いない。

「信じろってか」

吐き捨てられ、祇園は絨毯に爪を立てた。応える言葉など、なにもない。

「確かに、逃げずに顔出したけどな。今回は」

わずかに、狩納が笑った。冷たい皮肉がなにを指すものか、すぐに理解する。長山から助けられたあの時の自分は、あっさりと逃げ出したのだ。

「に、逃げるわけあらしまへんやないの」

思わず否定したが、声が裏返る。

扉を開けるその瞬間まで、躊躇は祇園を蝕《むしば》んだ。

昨夜屋上で意識を失った祇園が、次に目を覚ましたのは狩納が所有するバンだった。このまま東京湾に捨てられるのか。

本気で怯えた祇園を、狩納の部下が明日事務所へ来いという伝言を残し、医者へ運んだ。

「綾瀬置いて逃げてやがっても、死刑確定だったぜ」

綾瀬の名に、ぴくりと祇園の肩が揺れた。

「綾瀬助けるか、俺の金守るか、お前、最後まで迷ったか」

狩納の問いに、祇園が顔を上げる。

「そ、そんなん初めっから両方……」

「言い訳はいい。俺の金を捨てりゃあ、どの道俺に殺される」

男の声の冷たさに、喉の奥がひくりと鳴った。この声だけで、実際斬りつけられるのと同じように、皮膚《ひふ》から血が噴き出しそうだ。

「…解ってても、綾瀬を助けるために捨てた。違うか」

狩納の声は、直接頭蓋骨の内側を揺るがすように響く。心の内側を、覗き込まれているようだ。

「命拾いしたな。祇園」

にやり、と、狩納が笑う。

その選択が正解だったと、狩納は言うのだ。もしその道を選んでいなかったら、今ここに祇園がいる可能性は、ない。

喘ぐように、祇園が詰めていた息を吐き出す。しかし一向に、肺に酸素が浸透する心地はしなかった。ふるえる指を、握り締める。

昨夜《ゆうべ》最後に見た綾瀬の瞳が、忘れられない。

屋上で別れて以来、祇園は綾瀬と顔を合わせていなかった。バンに積まれた祇園と違い、綾瀬は狩納の自家用車でマンションへ戻ったらしい。

意識が戻って祇園が真っ先に尋ねたのは、綾瀬の無事の確認だった。

彼に大きな怪我がなかったことを知った時には、全身から力が抜けた。本当に、よかった。

自分が流した血や痛みなど、問題ではない。

誰かに忠義立てすることも、他人を守る気概《きがい》を持つことも、それらは格好よすぎて、祇園の身には余る。しかしあの一本気な少年を見捨て、逃げなかった自分に、祇園は満足していた。

自分自身を滅ぼす結果になろうとも、その気持ちは変わりそうにない。

「……むかつく奴には、阿《おもね》りたくないんですわ」

「偉そうな口きける立場か」

唇を引き結んだ祇園へ、狩納が手近にあった灰皿を投げる。金属製の灰皿が頭にぶつかり、祇園は悲鳴を上げて床を転がった。

「そ、そうや兄さん、新見…俺追っかけとった男らは……」

呻きながら、祇園が尋ねる。

先程新聞に目を通した範囲では、それらしい名前は見当たらなかった。

「さあな。今頃身内に処分されてるんじゃねえのか」

「身内…?」

冷淡な声に、祇園が眉をひそめる。

「あの男、組の上部に断りなく、随分商売の手ぇ広げてやがったみてえだな。上の連中に連絡入れたら、後は自分たちで調べるって、喜んで引き取って行ったぜ」

興味なさそうに、狩納がくわえた煙草に火を入れた。

その唇が、薄く笑う。にやりと歪んだ唇の残酷さに、冷たい汗が祇園の背中を流れた。

狩納が言う通り、美人局以外にも新見たちは様々な商売を手がけていたのだろう。しかしそれを上の人間に報告していないということは、本来払うべき上納金《じょうのうきん》を納めていなかったということだ。

旨味のある仕事とその利益を独占され、上部の人間が黙っているはずがない。むしろ新見が消えてくれれば、次はその利権を自分のものにできるのだ。

もう新見に追われることも、その報復に怯える心配もないことを、祇園は知った。

喜びよりも、ひやりとした恐ろしさが胸に流れる。

期せずして、狩納が祇園を救ってくれると言った綾瀬の言葉は、現実のものとなったのだ。それは全て、今回の一件に綾瀬が巻き込まれたからに外ならない。

重い息を吐き出し、祇園はジーンズの尻ポケットを探った。

「ほんまに、迷惑かけてすんませんでした。……迷惑ついでにもう一つ、兄さんに聞いておきたいことがあるんですけど…」

皺になった紙幣を、祇園が広げる。昨夜狩納に返しそびれていた、あの金の一部だ。

「…なんであんな鞄、鍵もかけずに事務所へ置きっぱにしてはったんですか」

用心深い狩納が、何故大切な鞄を、事務所に置き去りにしていたのか。それは祇園にとって、最大の謎だった。

「もしかしてこの万札……」

言葉を切った祇園の眼前に、暗い影が落ちる。

目の前に屈み込まれ、祇園は息を呑んだ。

札を、取り上げられるのか。

そう考えた祇園の予想を裏切り、男が拳を突き出した。ちいさな音と共に、握られたライターの火が上がる。

「あっ」

つまんだ紙幣に、火が点いた。手のなかで燃え上がった紙幣に、祇園が跳ね起きる。

「うわ…っ」

「落とすなよ。床が汚れる」

冷淡に告げ、狩納が煙草の煙を吐き出した。

「んな……っ、熱っ…あちあち……」

ちいさな紙幣が、瞬く間に火に包まれる。熱くてつまんでなどいられない。

しかし落とせば、どうなるか。

恐怖に駆られ、祇園は両手で燃える紙幣を受けた。赤い火が、掌の皮をなめる。

「熱…っ！」

「余計なことは考えるな。忘れろ」

熱さにのたうつ祇園に、狩納は眉一筋動かさない。すぐに燃えつきた紙幣は、白い灰になっても祇園の皮膚を焼いた。

「な……」

ひりひりと痛む肌に、涙が滲む。真っ赤になった掌で、祇園は先程の新聞を引き寄せた。

まだ読んでいなかった部分に、目を凝《こ》らす。

そこには偽札《にせさつ》の文字が、確かに記《しる》されていた。

「や、やっぱりこれ……偽……」

「余計なことは考えるなって言ってるだろ」

ごつりと、狩納の爪先が祇園の脇腹にめり込む。声にならない悲鳴を上げ、祇園は床に転がった。

灰になった紙幣が、掌からこぼれ落ちる。

正確には、紙幣ではない。紙幣に酷似した、紙切れだ。

やはり、そうだったのか。

最初に祇園が疑念を抱いたのは、アパートで紙幣を眺めていた時だ。まさかという思いから、それが偽札である可能性に確信は持てなかった。改めて屋上で手に取った時もそうだ。

しかし万が一、という気持ちがなかったわけではない。

手にした瞬間の微かな違和感が、祇園を大きな賭けに打って出させた。

綾瀬のためとはいえ、あれだけの大金を撒く決断ができた一因は、それだ。

偽札は被害者として警察に持ち込んだとしても、現金に換金できない。もし狩納が購入した偽札であったとしても、価格は本物の紙幣の十分の一以下だ。本物の現金を撒くより、金額的な痛手は少ない。

しかし同時に、人目に触れれば本物の紙幣の比ではない騒ぎになることは明らかだった。迷ったが、結局祇園は男たちの注意を引きつけるため、それらをぶち撒けた。

「な、なんでそんなもんが、兄さんの事務所に……」

「町工場を印刷所ごと押さえたら、余計なものが混じってた。それだけだ」

なにが、とは狩納は語らない。それでも、十分だった。

細かく砕けた灰を、まじまじと見下ろす。

「せやから鍵もかけんと……」

呻いた言葉は、最後まで続かなかった。ごつりと、再び狩納の爪先が脇腹にめり込む。

「い……っ…」

「鍵はかかってただろうが」

吐き捨てた狩納が、ふと視線を上げた。控え目な合図が、扉を叩く。

「入れ」

狩納の返答に、そっと扉が開いた。

途端に、喉元を締めつけられるような興奮が祇園を襲う。緊張と、呼んでもいい。

「失礼します」

細い声と共に、痩せた肢体が社長室を覗き込んだ。

蛍光灯の明かりが、少年の肌をいっそう白く際立たせる。戸口に立った綾瀬の姿に、祇園は息を呑んだ。

綾瀬は指先まですっぽり隠れる、袖の長いシャツにやわらかな茶色のパンツを身に着けている。大きめの襟刳《えりぐ》りから覗く素肌の色に、視線が惹きつけられた。

まだ昨日の疲れを残しているのか、少し顔色が冴えない。同時にそんな力なさが、不思議な色香となって綾瀬を包んでいた。

逸らすことができないまま、祇園が綾瀬を見る。久芳の言葉通り、少年が大きな怪我を負っている様子はない。なによりそれに、ほっとした。

「祇園さん…！　大丈夫なんですか、体……！」

床へ転がる祇園に気づき、綾瀬が駆け寄る。無惨に腫れ上がったその容貌に、綾瀬が改めて顔を歪めた。昨夜綾瀬が最後に見た祇園の姿も、相当なものだっただろう。

「大丈夫ですわ。あの時の一番の致命傷《ちめいしょう》は、ここの社長さんに殴られた怪我だけやったから」

「もう一度食らってみるか？」

おおらかな声で問われ、祇園が大きく首を振る。

「滅相《めっそう》もありまへんっ」

悲鳴を上げ、祇園はふらつく体で立ち上がった。心配そうに瞳を曇らせる綾瀬の前に、真っ直ぐ立つ。

「俺の体はともかく、綾ちゃん、今回のことはほんまに迷惑かけて、すんませんでした」

勢いよく、祇園は頭を下げた。

両手を体の脇で揃え、深く深く体を折り曲げる。

こんな気持ちで人に頭を下げるなど、初めての経験だ。どれだけ下げても、下げ足りない。自然と、指先は勿論、ぴんと全身に力が籠った。

「そ、そんな…。俺こそ、なんにもできなくて……」

いつにない祇園の態度と、その声の真摯さに驚いたのだろう。目を瞠り、綾瀬が両手を振った。

「なに言うてはりますのん。迷惑かけたんは、俺やのに」

月並な言葉が、もどかしい。

顔を上げ、祇園は綾瀬の瞳を見詰めた。

狩納と綾瀬のために、死ぬ。

そう誓った自分の言葉が、蘇った。

今まで何度となく、同じ言葉を軽々しく口にしてきた祇園だ。一生狩納について行くと叫んだ時も、その一生がどんな長さになるかなど、考えたこともなかった。

だが今なら、その先が少しだけ、見える気がする。

ちらりと、祇園は机にもたれる狩納を振り返った。

煙草を唇に挟み、狩納は二人を見ている。その眼に、感情らしいものはなにもない。きっとこの瞬間、自分の心の内は全て男に、見透かされているのだろう。否。この瞬間だけでなく、最初から祇園の心の内など、狩納には解っているのだ。

綾瀬と暮らし、狩納が甘くなったと、自分は確かにそう感じた。実際今自分がこうして呼吸していられるのも、以前なら考えられなかったことだ。

その甘さが、いずれ狩納の命取りとなるのではないか。

自分の想像を、祇園は笑った。

今まで同様これからも、狩納が祇園の忠誠心に期待をしているとは思えない。しかし綾瀬に対する誓《ちか》いは、どうだろう。

嘘つきな自分にとって、唯一揺るぎないもの。

それさえも、狩納は利用しようというのだ。その狡猾《こうかつ》さと残忍さを甘さと言うのなら、自分自身の甘ったるさをなんと呼んでいいのか、祇園には解らない。

「お詫びの印《しるし》に、綾ちゃんにこれ、持って来たんですわ」

携えていた紙袋を、祇園ががさがさと開く。祇園が取り出した封筒に、綾瀬が驚きの声を上げた。

「これって、もしかして……」

「探したらもっとあると思んやけど、今回は取り敢えずこんだけで勘弁したって」

封筒を手渡そうと、そっと綾瀬の手を取る。なめらかな手触りに、祇園は目を細めた。ずっと撫でていたくなるような手だ。

「なに汚《きたね》ぇ手で触ってんだ」

その手に頬ずりしようとした祇園を、狩納が蹴り飛ばす。踏み止まれず、祇園は扉近くまで吹き飛んだ。

「わ…っ…」

「祇園さんっ」

驚いて駆け寄ろうとした綾瀬の体を、狩納が掬い取る。大切に手にしていた封筒を、狩納が易々と取り上げた。

「なんだ、これは」

「や……、狩納さん…っ」

慌てた綾瀬に構わず、男が封筒を開く。大きめの封筒から取り出されたのは、数枚の写真だった。

覗き込んだ狩納が、顔を歪める。

「………祇園、手前ェ」

低い唸りが、狩納の唇からもれた。

写真に収められた大学生時代の自分に、狩納が犬歯《けんし》を剥き出しにする。

「…処分しろって言っただろ。まだ隠し持ってやがったのか」

「綾ちゃんのための、特別大放出ですわ」

扉に張りつき、祇園が訴えた。綾瀬もまた、狩納から写真を取り戻そうと、男に縋って爪先立ちになる。

「か、返して下さい、狩納さん…っ」

「綾ちゃんが、どうしても格好ええ狩納兄さんの写真が欲しい、って言うから」

取りなそうと、祇園が大きな声を上げた。

ぎょっとしたように、狩納が綾瀬を見る。

懸命になって写真に手を伸ばしていた綾瀬もまた、びっくりとして目を見開いた。

「ちょ…、ぎ、祇園さんっ、俺はそんなこと……」

目を白黒させ、綾瀬が否定する。その様子があまりにも懸命だったことが、狩納の眉間に深い皺を刻ませた。

「へえ」

すい、と、男の眼が細められる。

残酷なその仕種に、綾瀬が息を詰めた。青褪め、逃げようとした綾瀬より早く、狩納が腕を伸ばす。

肩を抱き寄せられた綾瀬の体は、しつらえたようにぴったりと、狩納の腕に収まった。

「俺の知らねえことが、他にも色々あったみてえだな。楽しかったのか？　祇園の部屋は」

「ちなみに、狩納兄さんへのお詫びの印は、こちらです」

もう一度紙袋を開き、祇園が大きな包みを取り出す。愛らしい包装紙に包まれたそれは、狩納にはひどく不似合いだった。

「中身はエプロンです。勿論着るんは兄さんやないよ。綾ちゃんに……」

「うるせぇ！　もう用はすんだだろう。さっさと出て行け」

鞭《むち》のような声音で打たれ、祇園が飛び上がる。容赦のないその眼光は、一瞥されただけでもその場に平伏したくなる力を持っていた。

「解りました。帰りますっ」

ふるえ上がり、扉を開く。事務所へ逃れる直前、祇園は二人を振り返った。

狩納の腕を振り払うこともできないまま、綾瀬は男に抱き取られている。黒々とした男の影のなか、綾瀬はより一層小柄に、力なく見えた。

哀れな、そして劣情《れつじょう》を刺激する姿だ。

戸惑う綾瀬の首筋を、大きな掌が撫でる。怯えたように体を固める綾瀬を見下ろす、狩納の双眸はどうだ。

ようやく腕に戻った大切な宝石を愛《いと》おしむ。そんな眼だ。

胸の奥に、形のない苦さが滲む。それが誰に対する苦さなのか、祇園には解らなかった。

「兄さん、綾ちゃんはほんま悪ぅないんです、怒らんといて下さいよ！」

苦さを断ち切るように、祇園が声を上げる。

「黙れ！」

ばたんと閉じた扉越しに、狩納の声が響いた。固い扉に、祇園が背中を押しつける。

「甘ぅなったなんて、前言撤回ですな。……むしろ心は狭くなっとるんやないやろうか」

それよりも、綾瀬にはかわいそうなことをしたかもしれない。

写真という贈りものがまずかったのだろうか。

今回綾瀬に贈った写真はどれも、今では懐かしい狩納の学生生活を収めたものばかりだ。

若気《わかげ》の至《いた》りを覗き見られる気がして、恥ずかしいのか。あるいは血腥《ちなまぐさ》い写真が混ざっているのではと、警戒したのかもしれない。

「素行《そこう》不良は自業自得や思うけど……ま、なんにせよ、あのエプロンさえあれば、すぐ仲直りできるわな」

狩納に贈った、真っ白なエプロンを思い出す。

勿論、あり金をはたいて買った新品だ。

繊細なフリルに彩られた綾瀬を想像するだけで、今すぐカメラの準備がしたくなる。

しかしそれは、許されていない。

無念の溜め息を絞り、祇園は痛む体で立ち上がった。扉を離れようとして、ふと足を止める。

「そや。兄さん、あのエプロンの真実の使い方が解るやろか」

呟き、祇園は扉を振り返った。

「………いざっちゅう時には、僭越《せんえつ》ながら俺が指導して差し上げるのが責任ちゅーもんかもしれん」

万が一誤解が広がった場合には、自分が身を挺してそれを解くべきではないか。

一度は死を覚悟した自分だ。

都合のよい理屈を捏《こ》ね、祇園は社長室の扉を細く開いた。狩納に両肩を摑まれ、綾瀬はすでに事情を説明する余裕もないらしい。

大きな掌で捕らえられた顔が、小刻みにふるえている。大粒の瞳が、ぬれた色で狩納を見ていた。

「ハートの魅力を堪能《たんのう》させてもろたんや。後は、カラダの秘密を探求するだけですわな」

うきうきと呟き、祇園は社長室の扉へ張りついた。

あとがき

この度は、『お金じゃないっ』をお手に取って下さいまして、ありがとうございました。狩納と綾瀬の、六作目の新書となります。

新装版も含めると、なんと！　十冊目の本です。そんなに沢山、原稿を書く場を与えて頂いたのかと思うと、びっくりです。

どうにも小説を書くペースが早くない私ですが、旧版からおつき合い下さっている、というお手紙など頂戴すると、本当に嬉しくて恐縮してしまいます。勿論、新装版からお手に取って下さった、というご声援も、とっても嬉しく励みにさせて頂いています。旧版も新装版も、どちらも力不足ばかりが目立つ作品ではありますが、お手に取って頂けたことに、感謝の気持ちで一杯です。そうした皆様のお力添えのおかげで、こうしてまた新しい新書を発行して頂くことができました。

今回の『お金じゃないっ』も、ほんの少しでも楽しんで頂けたのなら、これに勝る喜びはありません。

今回も発行にあたり、沢山の方々にお世話になりました。

貴重なお休みを返上して、編集にあたって下さったK様！　本当に我が儘ばかり申し上げてごめんなさい（涙）。今回も沢山アドバイス頂いたにも拘らず、私自身がそれを血肉にできたかは、怪しい限りです（涙）。前進し続けるK様に振り落とされないよう、私も今まで以上に頑張りたいと思いますので、これからもよろしくご指導下さい。

新装版に引き続き、発行に際してご助力下さったH先生。貴重な時間を割いて下さったM様。お二人なくしては、ここまで辿り着くことはできませんでした。本当にありがとうございました。

そして素敵なカットをつけて下さった香坂透さん！　今回も可愛らしく、そして格好いい挿絵をありがとうございました！　今より少し（？）若い狩納や、髪の黒い祇園など、色々描いて頂けて嬉しかったです。雑誌『小説リンクス』のピンナップとして描いて頂いた、狩納、綾瀬、二十五万円（猫）のカラーも、人物は勿論、猫の毛並みがとても素敵で感激でした！　やわらかそう～！

香坂さんは現在、『コミックマガジン・LYNX』にて、コミック版『お金がないっ』をご執筆下さっています。二〇〇五年六月現在、コミックス4巻まで発行済みです。

新書では今回初登場となる二十五万円ですが、コミックスにはすでに2巻に登場しています。溝口が抱く猫が何故二十五万円なのか…と、お尋ね頂くことが多かったのですが、今回の新書で、「二十五万円」の謎も解明されたのでは…と思います（笑）。コミックスに猫なんかいたかしら、という方、是非探してみて下さい（笑）。

　私と猫との思い出といえば、まだ実家で暮していた頃、なにかの気配を感じ、自宅の廊下で立ち止まると、そこに猫が。当時我が家では猫を飼っておらず、明らかに近所の野良にゃんこです。

　はっ、として私を振り返った猫の足元に、なにかが落ちました。ごとん、と床で音を立てたのは、なんと陶器の小皿。

　なんでそんなとこに小皿が…と思った隙に、猫はすごい勢いで廊下を走り、開いていた窓から逃げて行きました。

　後に残ったのは、立ち尽くす私と廊下に落ちた小皿だけ。

　どうやら猫は、お昼の残りの焼き魚を、食卓から失敬したらしいのですが、しかしどうして小皿が廊下に？　魚だけでなく小皿をくわえて、猫はテーブルから飛び降り、廊下まで運んだのか？　そんなことが可能なのか？　と、いまだに謎です。

　現在の住まいの近くにも、野良猫というか、地域猫というか、看板猫というか、色々な猫が、様々に愛されている模様です。猫が団子になって眠るお店の前や、猫が隠れん坊をしている通りを歩くだけでも、楽しい気分になれます。たまに盗みを働いたらしい猫が、おっさんに追いかけられていたりするのも、スリリングです。

　猫好きさんは、猫を熱愛するのは勿論、猫を愛する人をも愛する方が多いような気がします。曰く「猫を愛する人に悪い人はいない……！」。猫をきっかけに、親しくなれることなどもあり、私は猫も猫好きさんも、大好きです。勿論、犬や犬好きさんも大好きです（笑）。

因みに、今回登場する祇園の部屋のモデルは、最愛の友人Yちゃんのお部屋です。生ごみや汚れものは一切置いていないのに、ものの多さに溺れるかと思いました。次回はごみ袋持参で遊びに行きたいと思います。

現在、香坂透さんと共同で、活動状況をお知らせするホームページを運営しています。雑誌や新書・コミックスなどのお仕事情報や、同人誌の発行情報（「お金がないっ」シリーズ他）などが中心です。ネットを閲覧できる環境の方は、是非お立ち寄り下さい。（http://sadistic-mode.or.tv/　サディスティック・モード・ウエブ）

今回収録頂いた『ペットじゃない。』は、雑誌『小説リンクス』に収録頂いたものに、加筆修正を加えたものです。新装版を作って頂いた時にも感じたのですが、どの小説も、その時の精一杯、を注いだつもりでいても、後々見直すととても拙く、これを臆面もなく掲載頂いたのかと思うと、本当に落ち込みます。一瞬でも、もうこの作品は手放せる（完成した）と思った自分を、呪わずにはいられません。

あとがき

今回も同様で、後々見直す機会があれば、必ず自分の至らなさに打ちのめされるだろうと思うと、自分の不出来さに臍を噛む思いです。ただそうした自分の力なさを受け止め、一行も疎かにすることなく、今後もK様を始め皆様のご指導の元、少しでもよいものが書けるよう、精進して参りたいと思います。これからもよろしく、ご指導下さい。

小説のご感想などお寄せ頂けますと、飛び上がって喜びます。頂戴したお手紙やイラストなど、大切にさせて頂いています。イラストなど、大変お上手な方が多くて、皆様多才でとても羨ましいです。

狩納と綾瀬の新作や、それ以外の新作等々、これからも頑張って参りたいと思います。またお見かけの折には、是非応援下さいませ。

どこかでお会いできますことを、心よりお祈り申し上げます。

篠崎一夜

正しい使用方法

Presented By Tohru Kousaka

美味しく召し上がって頂く為に

Presented By Tohru Kousaka

あきません兄さん!!

綾ちゃんの裸エプロンがなんぼオイシそうでもガッツいたらあきません…!!

このアイテムを120%活《い》かす為には可憐《かれん》な幼妻が恥辱《ちじょく》に耐《た》える姿をいかに引き出すかがポイントなんや
例えば——

裸エプロンのまま宅配やセールスの応対させたり
ダンナの得意先の接待させたり…!!

どや、萌《も》えまっしゃろ!?

ちゅーわけでそんな萌えテンコモリモリのシナリオをお二人の為に用意してきました!!

さあッ クランクイン…

初出
ペットじゃない。――――2003年 小説リンクスVOL.1 掲載
お金じゃないっ――――書き下ろし

LYNX ROMANCE

お金《かね》がないっ

篠崎一夜 illust. 香坂透

リンクス ロマンス
（本体価格855円）

従兄の借金のカタとして競売に掛けられた美貌の少年・綾瀬雪弥は、金融会社を経営する狩納北に買われた。一億もの巨大な借金はひとり身の綾瀬に返す術がなく、身体で返済することになる。何もかも奪われるような激しい陵辱に困惑と絶望を覚える綾瀬だったが、時折みせる狩納の優しさに安らぎを感じ始める。しかし、行方不明だった従兄からの電話がさらなる騒動に――!?　お金がないっシリーズ第一弾。

LYNX ROMANCE

お金《かね》しかないっ

篠崎一夜 illust. 香坂透

リンクス ロマンス
（本体価格855円）

金融会社を経営する狩納北に買われた美貌の少年・綾瀬雪弥は、返済のために狩納の元で身体を差し出す日々を送っていた。そんなある日、綾瀬は再び大学へ通うことを許される。狩納の好意に喜ぶ綾瀬だったが、以前住んでいた綾瀬のアパートに変質的な手紙が届いていたことを知る。正体のわからない相手に怯える綾瀬に、大学でも学友の魔の手が迫り――!?　お金がないっシリーズ第二弾。

LYNX ROMANCE

お金《かね》じゃ買《か》えないっ

篠崎一夜 illust. 香坂透

リンクス ロマンス
（本体価格855円）

冷酷と評される狩納北は、競売にかけられた美貌の少年・綾瀬雪弥を救い、家に住まわせていた。借金返済のため、身体を売る行為を強いる自分に気を許そうとしない綾瀬。うまく想いを伝えられないことに苛立ちをつのらせる狩納は、ある日、染矢と綾瀬が談笑しているところを見て、嫉妬心から綾瀬を乱暴に抱いてしまう。あまりにも粗暴な行為に綾瀬は姿を消してしまい――!?　お金がないっシリーズ第三弾。

LYNX ROMANCE

お金《かね》がたりないっ

篠崎一夜 illust. 香坂透

リンクス ロマンス
（本体価格855円）

狩納から巨大な借金をしていながら、高額の洋服を買い与えられ戸惑う綾瀬。しかし、外出を許され不自由のない環境を与えられている綾瀬は、感謝の気持ちから狩納へプレゼントを贈ろうと思うのだったが、お金が無かった!?　綾瀬が狩納のためにお金を集めるハートフルラブストーリー！
綾瀬の元に石井鉄夫の母がやってくる「仕方がない?」も同時収録！
お金がないっシリーズ第四弾。

LYNX ROMANCE

お金《かね》は貸《か》さないっ

篠崎一夜　illust. 香坂透

リンクス ロマンス
（本体価格855円）

狩納との肉体関係に戸惑いながらも、狩納の事務所でのアルバイトをすることをようやく許され、意気揚々の綾瀬。そんなある日、綾瀬の前に狩納の弟と名乗る少年・大和が現れた。綾瀬がお金で買われたことや狩納との肉体関係まで知る大和に、狩納から離れるように迫られ――!? 狩納の旧友、許斐が現れ狩納の過去を暴露する「病気かもしれないっ」も同時収録！ お金がないっシリーズ第五弾。

LYNX ROMANCE

学《がく》園《えん》人《じん》体《たい》錬《れん》金《きん》術《じゅつ》

篠崎一夜　illust. 香坂透

リンクス ロマンス
（本体価格855円）

古い因習に縛られる町、真柳。土地の守り神とされる一族の家に生まれた月依泉未は、周囲の人々に敬われながらも妖姫的な美貌も相まって、不気味な存在として畏れられていた。ある儀式の晩、主と名乗る上総が現れ、泉未は儀式の名の下に体を奪われてしまう。服従を強いられつつも上総に親近感を覚えてゆく泉未…。そして、上総が現れた頃から、周りで次々と異変が起こり始め――!?

LYNX ROMANCE

gift ―ギフト―

櫻井ちはや　illust. あさとえいり

リンクス ロマンス
（本体価格855円）

新人アイドル・成瀬一也のマネージャーを務める柿崎朋久は、彼の自分に対する想いをあえて無視し、仕事に徹していた。ある日、音楽プロデューサー・斎宮修司から、一也のプロデュースをしたいという話を持ちかけられる。しかし、斎宮は楽曲を提供し、必ずヒットを飛ばすその一方で、見返りに体の関係を要求する男だった。かつてはアイドルで彼にプロデュースしてもらい、捨てられた過去を持つ朋久は――!?

LYNX ROMANCE

至《し》福《ふく》の庭《にわ》 ～ラヴ・アゲイン～

六青みつみ　illust. 樋口ゆうり

リンクス ロマンス
（本体価格855円）

カウンセラーである兄の仕事を手伝いながら暮らす鈴木佳人は、過去の事件が元で心に深い傷を抱えていた。ある夏の日の午後、佳人は唯一の安らぎの場である庭で、藤堂大司という男と出会う。男性的な力強さをもつ藤堂に怯えを抱きつつも、魅力的で真摯な態度に惹かれていく佳人。彼と過ごした僅かな間にも、佳人は不思議と離れがたさを感じていた。別れ際、自分に向けられた藤堂の、何かを訴えるような瞳に佳人の心が揺れ動き…。

LYNX ROMANCE

恋《れん》愛《あい》引《いん》力《りょく》レベルMAX《マックス》

花月咲夜

illust. 高永ひなこ

898円
（本体価格855円）

山の上にある男子校・私立藤の木学園に赴任した初日、篠原一理は校舎から寮へ行く途中で迷い、寮長の土屋と出会った。精悍な土屋のあたたかい笑顔とやさしさに好感を持った一理だったが、寮監として入寮した翌日から彼に口説かれるようになる。一年前に事故で恋人を亡くし、深い悲しみから、もうだれも好きにならないと誓う一理は、かたくなに土屋を拒み続けるが――。

LYNX ROMANCE

ウカツな恋《こい》する導《どう》火《か》線《せん》

杏野朝水

illust. 木村メタヲ1号

898円
（本体価格855円）

世の中には、どうしてもそりが合わない人間がいる！　人材派遣会社の営業マン・宮地恵のソレは、取引先である結婚式場のフロアキャプテン・津波木匡だ。彼の電話ごしの威圧的な態度に、宮地は日々反発心をふくらませていた。しかし、横暴なオヤジに違いないと思っていた津波木は、会ってみると、整った容姿の泰然とした男だった。そして彼の仕事ぶりや人柄を知るうち、宮地は津波木に尊敬の念を抱くようになり……!?

LYNX ROMANCE

とまどいの行方《ゆくえ》

柊平ハルモ

illust. あさとえいり

898円
（本体価格855円）

「今日からここが、おまえの家だよ」。祖母の葬式の日、幼い紀野直実の手にのせられた鍵と優しい男の手。あの日から直実はひたむきに、自分の保護者となった外科医の氷室知之を慕い続けていた。しかし直実が高校生になった頃から、知之の態度がどこかよそよそしくなる。戸惑いを隠せない直実だったが、ある晩突然、知之に力ずくで抱かれてしまう。怖くて仕方ないはずなのに、直実は痛みとともに強烈な悦びを感じて――。

LYNX ROMANCE

藤《とう》恋《れん》歌《か》　～スウィート・サレンダー～

十掛ありい

illust. 御園えりい

898円
（本体価格855円）

徳川泰平の世。猛禽のような鋭い目を持ち、剛胆な性格をした水野帯刀は、幕府の信頼が厚い隠密として働いていた。ある日、内密の命を受け、潜入先の屋敷に向かった帯刀は、平坂縫之介という美童に出会う。あどけない面差しの縫之介が事件の鍵を握ると知り、帯刀は縫之介を問いつめる。しかし、強情な縫之介は口を割らず、憤った帯刀は縫之介の体を蹂躙し、従わせようとするのだが……。

LYNX ROMANCE

恋《れん》愛《あい》派《は》閥《ばつ》

華藤えれな

illust. 佐々木久美子

898円
(本体価格855円)

大物閣僚だった父を持ち、冷酷と評される瑞木は、国会議員の中でも稀有な美貌の持ち主。そんな彼は、対立政党の若手議員・高透のやる気のない態度に憤り、叱正するが、はぐらかされるばかり。ある日、宴席で飲み過ぎ、不覚にも高透に介抱され抱かれた瑞木は、衝撃の事実を告げられる。事故で命を落とした高透の父の死は、実は瑞木の父の謀略によるものだったのだ。高透の復讐心を煽った瑞木に、高透の反撃が始まる。

LYNX ROMANCE

いとしい罠《わな》

きたざわ尋子

illust. 金ひかる

898円
(本体価格855円)

大学生の西崎双葉の恋人は、危険で特殊な職業に就く朝比奈辰征。知的だが得体の知れない雰囲気の朝比奈に愛されながらも、振り回される日々を送っていた。そんな中、新しいアルバイト先に突然高嶺綱基が訪ねてくる。戸惑う双葉に高嶺は、真摯なまなざしで自分は双葉の実の父親だと語り始めた。双葉は対立する二人の間で複雑な思いを抱え、その気持ちを朝比奈に打ち明けるが……。

LYNX ROMANCE

ストレイ・リング

水壬楓子

illust. 山岸ほくと

898円
(本体価格855円)

「今、決まった相手がいないのなら、私とつきあってみるか?」

4年前、大手総合商社に勤める藤近は、ブランド・マーケティング部の部長である右城の誘いを受け、彼の「愛人」となった。妻と娘を持つ右城とは身体だけの関係——右城に惹かれながらもプライドの高さから想いを告げられず、そう割り切ってきた藤近。だが悦びと安らぎをくれる男の腕が決して自分のものにならないことに、心は痛むばかりで…。

LYNX ROMANCE

うらはらな予《よ》感《かん》

坂井朱生

illust. あさとえいり

898円
(本体価格855円)

「俺とつき合えよ」——留学先から一時帰国していた工東藍を待っていたのは、突然の告白！　大人の男に成長した幼馴染みの古藤亮からの告白は、藍の心を大きく揺さぶる。亮は幼い藍が好意を抱き、想いを告げた相手だったのだ。しかし当時は手酷く振られていた。藍はいまだに亮に想いを寄せていたが、過去の記憶からなかなか素直になれず、思い悩む。そんな時、帰国して入学した高校で藍をめぐって事件が起こり始め……。

LYNX ROMANCE

ステイ・ノート ～のこり香～

火崎勇

illust. 佐々木久美子

898円
（本体価格855円）

眠っていた俺の唇に、そっと触れたキスの感触――。火災で記憶の一部を失った村瀬穂は、入院中のベッドで受けた口付けが忘れられずにいた。やがて順調に回復し仕事に復帰した村瀬は、友人・蘇我のフォローもあり、穏やかな毎日を過ごすようになる。ところが、日常生活の中で感じる違和感から、失った記憶がどうやら恋人に繋がる記憶らしいことに気づき始める。そんな村瀬の前に、突然ある人物が現れて――!?

LYNX ROMANCE

ロマンスのレシピ

真先ゆみ

illust. 笹生コーイチ

898円
（本体価格855円）

「お待たせしました。高校生になったから、もう雇ってくれるよね?」夏休み、有樹はありったけの勇気を抱え、ティーハウス『TIME FOR TEA』の扉を開いた。一年前にふと足を踏み入れ、無愛想な店長の織部がかいま見せた優しさに、有樹は恋をしたのだ。なんとかアルバイトにこぎつけた有樹だが、かたくなな織部との距離はなかなか縮まらなくて……。短編「花のようなきみが好き」も収録し、ハートフルラブ満載♥

LYNX ROMANCE

リーガル・アクション

義月粧子

illust. 有馬かつみ

898円
（本体価格855円）

常に誰かと競い合い、斬り捨てる――。裁判をゲームのように楽しむ美貌の弁護士、アーネスト。ある悲劇的な事件により、彼は深く傷つき、自ら法廷を去ることになる。ロースクール時代からの友人・ヴィクターは、悩み苦しむアーネストを抱きしめて慰める。逞しいヴィクターの腕の中で一時の安らぎを覚えるアーネストだったが、ただ庇護されるだけの関係に耐えられなくなり…。弁護士事務所を舞台にした、男たちのラブロマンス。

LYNX ROMANCE

溺《おぼ》れそうな衝《しょう》動《どう》

柊平ハルモ

illust. 高永ひなこ

898円
（本体価格855円）

「二度と放さない」。マンションの新しい管理会社の人間に抱きしめられ、大学生の真鍋吉希は愕然とする。たくましい腕の持ち主は、かつて一緒に家出をしながら裏切ってしまった仙波隆平だった。再会を喜ぶ隆平から、昔と変わらぬ自分への執着を感じる吉希。罪悪感から何かと彼を優先してしまうが、いつの間にか生活に踏み込まれ、嫉妬から強引に身体を奪われてしまう。なんとか距離を置こうとするが、隆平は聞き入れてくれず…。

LYNX ROMANCE

とらわれの蜜月《みつげつ》

和泉桂　illust. 松本テマリ

898円
(本体価格855円)

留学生の野崎七海は、家庭教師として訪れた中東の王国で、第二王子のアルセスと出会う。だが、アルセスは冷徹に帰国を命じた挙句、嫌がる七海に淫らな行為を強いる。反発しながらも、七海は聡明で魅力的な彼に惹かれていく。そんなある日、男子禁制のハーレムに入り込んだ罪で、七海は捕らわれそうになる。危機から救ってくれたのは、七海を追い出そうとしていたアルセスで——!?　陰謀渦巻くハーレムで落ちる禁忌の恋。

LYNX ROMANCE

雨《あめ》が過《す》ぎても

可南さらさ　illust. 蔵王大志

898円
(本体価格855円)

高校生の高見征一郎は、小説家である久島聖のもとで一年前から居候の身。両親を事故で亡くし、行くあてもなく途方にくれていたところを聖に拾われたのだ。だが、綺麗な容姿に反し口が悪い聖は、傍若無人ながらも征一郎に対してどこか距離をおいている感がある。実は疎まれているのではないかと、征一郎は不安に思い始めていた。けれど征一郎の聖を慕う想いは、いつしか恋心に変わり——。

LYNX ROMANCE

恋《こい》に濡《ぬ》れて

きたざわ尋子　illust. 北畠あけ乃

898円
(本体価格855円)

高校生の古賀千紘は、両親を亡くして以来、冷めた美貌と周囲への素っ気ない態度のせいで孤立した生活を送っている。そんな千紘にも大切な思い出があった。幼い頃にたったひと夏、兄のように慕った仁藤諒一と共に暮らした日々。休みを利用して思い出深い別荘地に向かった千紘は、偶然諒一と再会する。昔と変わらない諒一の包み込むような優しさに、千紘の鬱屈とした心は癒されていく。だが諒一が千紘に突然告白してきて——!?

LYNX ROMANCE

せつなさは夜《よる》の媚薬《びやく》

和泉桂　illust. 円陣闇丸

898円
(本体価格855円)

名門・清澗寺家の三男の道貴は、教会で金髪碧眼の美貌の青年と出会う。旅先で彼——クラウディオと偶然再会した道貴は、気高く紳士的な彼に強く惹かれていくのだった。やがて、残酷な宿命によって引き裂かれた二人は、二年後に劇的な邂逅を果たす。熱情に抗えず彼に抱かれる道貴だったが、意外な真実が明らかになり……。激しく互いを求め合う運命の恋の行方は？　閉ざされた愛と欲望に繋がれる次男・和貴を描いた短編も収録。

LYNX ROMANCE

タイトロープ ダンサー STAGE2

久能千明

illust. 沖麻実也

898円
（本体価格855円）

漂流船の謎のメッセージに導かれ、三四郎とカイが向かった先は廃棄された軍事基地『ウノ』。そこで二人は三四郎の古い仲間である黒幇の指導者バサラと出会う。バサラは三四郎をある計画に引き入れるために呼び出したのだ。三四郎はその申し出をはねつけるが、意外な人物の出現により、カイとともに窮地に陥ってしまう。黒幇の狙いとは？　三四郎の返答は!?　そしてカイの下した結論は――。今、新たな戦いが始まろうとしている。

LYNX ROMANCE

ムーンリット・ラプソディ

水壬楓子

illust. 白砂順

898円
（本体価格855円）

景都の第二皇子でありながら、国を離れ、気ままな旅を続ける香菅。ある日、行き倒れていた青年・ハルを拾い、一晩の寝食の世話をする羽目になる。しかし翌朝、ハルの姿は消え、ベッドにはコウモリが一匹――。実はハルは人型に変身できるコウモリだった。人間社会に疎いハルの危なげな様子に、彼の目的地までつきあってやることにした香菅は、いつしか表情豊かで素直なハルに惹かれていくが…。全編書き下ろしで登場！

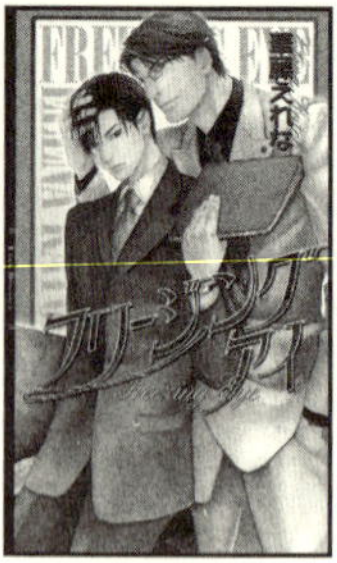

LYNX ROMANCE

フリージング アイ

華藤えれな

illust. 雪舟薫

898円
（本体価格855円）

「好きだ」――突然の告白に早瀬は唖然とする。相手は凄腕と名高い社内弁護士の若宮。真摯なまなざしで告げる彼に困惑しながら、早瀬は怜悧な美貌を淡くほころばせ、告白を拒んだ。だが後日、若宮の補佐を命じられて彼のもとを訪れると、若宮は早瀬の拒否などなかったかのように誘いをかけてきた。以来、若宮の強引な干渉に辟易する早瀬だが、彼を疎ましく感じる一方、自分と正反対な彼に興味を覚え始めるが……!?

LYNX ROMANCE

侵蝕《しんしょく》 ～背徳《はいとく》に濡《ぬ》れる華《はな》～

高崎ともや

illust. 亜樹良のりかず

898円
（本体価格855円）

怜悧な美貌をもつ亜輝彦は、殺された家族の復讐と強さへの渇望を胸に夜の街を生きていた。ある時、兵器ブローカーの早坂を殺す依頼を受け、彼をつけ狙うが逆に捕まってしまう。拘束されてもなお強さを求める亜輝彦は早坂に気に入られ、彼に雇われることになった。その後、ある事件をきっかけに、亜輝彦は早坂から取引を持ちかけられる。それは、より強くなる手助けをするかわりに、亜輝彦が早坂の『女』になることだった……。

LYNX ROMANCE

1/7《ななぶんのいち》の恋人《こいびと》

火崎勇　illust. DUO BRAND.

898円
（本体価格855円）

資産家で、容姿と才能にも恵まれた千石は、退屈な日々の生活に飽きていた。そんなある日、パーティー会場を抜け出した彼は、どこか垢抜けない青年と出会う。無防備に泣く彼に興味を覚えた千石は、青年を誘い一夜を共にする。謎めいた彼に、会うたびに惹かれていく千石だったが……。偶然の出会いと気まぐれから始まった恋。傲慢な男が恋に落ちた相手の意外な正体とは――？

LYNX ROMANCE

グレゴールの遺言《ゆいごん》

絢谷りつこ　illust. 山岸ほくと

898円
（本体価格855円）

さびれた街で暮らすエクトのもとに、十年前に失踪した恋人のグレゴールが突然現れる。空白の時間を埋めるように、身体と心を重ねる二人。再会を喜ぶエクトだったが、グレゴールの言動に、以前の天真爛漫な彼とはどこか違う印象を持ち始める。そのことを問いかけた途端、グレゴールは再び姿を消してしまい――。エクトを待ち受ける、衝撃の事実とは…？甘くて切ない永遠のラブストーリー。

LYNX ROMANCE

抱《だ》きしめて、恋《こい》を教《おし》えて

大鳥香弥　illust. 一馬友巳

898円
（本体価格855円）

大学生の萩原和也は、長年付き合っている恋人の浮気現場を目撃してしまう。だが、恋人に想いを残す和也は、離れられずにいた。辛い想いに疲弊する日々をおくる和也の唯一の安らぎは、一冊の本がきっかけで親しくなった、喫茶店のマスターと過ごすひとときだった。やがてマスターの温かさに惹かれ始め、恋人への想いとの間で悩む和也だったが……。辛い恋を乗りこえ、運命の人に出会うセンシティブラブストーリー。

LYNX ROMANCE

蒼天《そうてん》の月《つき》

可南さらさ　illust. 夢花李

898円
（本体価格855円）

月夜の晩、桜が咲き誇る庭で、遙は端整な顔立ちの少年・牙威と出会う。わずかな時間の中で遙を気に入ったと言う牙威は、謎の言葉と甘美なキスを残して姿を消した。数日後、バイト先で起こった怪事件に巻き込まれ危機に陥った遙は牙威に救われる。彼は神の力を持つ「龍神」だった。だが力を使うには、力の源を与える者と契約を交わす必要があるという。牙威に命を救われた遙は牙威と契約を交わすが…。

LYNX ROMANCE

加速《かそく》する視線《しせん》

義月粧子　illust. 有馬かつみ

898円
（本体価格855円）

高校時代ひそかに憧れていた人物との偶然の再会――。会社員の森中匡迩は、思わず彼――江崎圭輔を呼び止めていた。江崎が自分を覚えていてくれたことを意外に思いつつも、森中は江崎と友人として付き合うようになる。端整な容姿で、男女問わずもてる彼に強く惹かれていく森中。今の関係を壊したくなくて彼への想いを抑えようとしていたが、ある日、江崎が綺麗な青年にキスしているところを目撃してしまい――!?

LYNX ROMANCE

フィフス

水壬楓子　illust. 佐々木久美子

898円
（本体価格855円）

人材派遣会社『エスコート』のオーナーである榎本のもとに、新しい依頼人から電話が入る。相手は衆議院議員の門真巽。彼はボディガードを依頼し、さらにそのガードを同行させるプライベートな旅行に榎本を誘う。実は榎本と門真は、十七年前、榎本が中学生の時にある取引をし、月に一度、身体を重ねる関係だった。旅行に誘われたのは初めてで、二人の関係の微妙な変化にとまどいを覚えながらも、榎本は門真の誘いを受けるが…。

LYNX ROMANCE

夜《よる》に溺《おぼ》れて

きたざわ尋子　illust. 北畠あけ乃

898円
（本体価格855円）

大学生の古賀千紘は、過去につらい別れ方をした仁藤諒一にやり直させてほしいと請われ、再び彼と恋人同士になった。諒一を信じたいと思いながらも、臆病な千紘は諒一に対する警戒心を拭いきれない。以前と違い、優しく接してくる諒一にも戸惑い、千紘は諒一とぎこちない生活をおくっていた。そんな中、諒一から『籍を移さないか』と告げられるが、千紘は素直に頷くことができず……。

LYNX ROMANCE

暗闇《くらやみ》とKiss

坂井朱生　illust. 緒田涼歌

898円
（本体価格855円）

大学生の倫弘は大切な人を亡くしたつらい過去を乗りこえて、フリーライターの国近と恋人同士になる。些細な喧嘩をくり返しつつも、倫弘は国近への想いが日々膨らんでいくのを自覚していた。そんな中、国近が何年も追いかけていた仕事が佳境に入る。多忙ながらも倫弘を気にかけ優しくする国近だったが、自分が彼の負担になっているのではと倫弘は考え始めていた。その矢先、国近が事故にあったと報せが届き――!?

LYNX ROMANCE

束縛《そくばく》の甘《あま》い罠《わな》

バーバラ片桐　illust. 松本テマリ

898円
(本体価格855円)

綺麗でかっこよく、女の子に人気のある和弥は、幼馴染みの雄斗にひそかに恋心を抱いていた。そんなある日、雄斗の元にバレンタインの本命チョコが届けられる。焦った和弥は、雄斗と女の子の関係を進展させないようにいろいろと画策するが、ハプニングから思いがけず雄斗とキスしてしまう。その日、雄斗の家でレッスンと称して彼を誘った和弥を、雄斗は激しく抱いて――!?

LYNX ROMANCE

ひそやかに熱《ねつ》っぽく

柊平ハルモ　illust. 小路龍流

898円
(本体価格855円)

緊張に震えながらも、一途に自分を求めてくれた青年――。人材派遣会社を経営する相野は、一晩を共にし、一年後に再び会うことを約束して別れた青年・幸のことが忘れられずにいた。そんな中、相野は幸と偶然に再会するが、彼のよそよそしい態度に疑問を抱く。相野を避け何かに怯えているような眼差しを見せる幸。彼がライバル企業の秘書で、社長の愛人であると知った相野は……。

LYNX ROMANCE

その花《はな》の馨《かぐわ》しき色《いろ》…

火崎勇　illust. 雪舟薫

898円
(本体価格855円)

事務所で、新しいマネージャーの敷島に引きあわされたモデルの富海は、その日から彼と同居することになる。強引で不遜な敷島を腹立たしく思う富海。だが敷島は、三流モデルの富海には不相応な大きな仕事を取ってきては、富海の欠点を指摘し的確なアドバイスをあたえた。反発しつつも、富海は彼の実力を認めざるを得なかった。そんなある日、富海はモデル仲間から、敷島がかつて有名なモデルだったと聞いて……!?

LYNX ROMANCE

音楽室《おんがくしつ》で秘密《ひみつ》のレッスン

成田空子　illust. 石丸博子

898円
(本体価格855円)

全寮制男子校に入学した俺・保志希は、学園の伝統行事である五月祭を前に貞操の危機にさらされていた。なぜかって？　それは五月祭の間、口説き落とせたら『お持ち帰り』できるというシステムがあるからだ!!　そんなある日、先輩たちの過激なアプローチから逃れて音楽教室に隠れていると、音楽教師・西園寺一光が現れ、ピアノを弾き始めた。その音色の心地よさに眠ってしまった俺は、目覚めた途端、先生に襲われて――!?

この本を読んでの
ご意見・ご感想を
お寄せ下さい。

〒151-0051
東京都渋谷区千駄ヶ谷4-9-7
(株)幻冬舎コミックス　小説リンクス編集部
「篠《しの》崎《ざき》一《ひと》夜《よ》先生」係／「香《こう》坂《さか》透《とおる》先生」係

リンクス ロマンス

お金じゃないっ

2005年5月31日　第1刷発行

著者……………篠《しの》崎《ざき》一《ひと》夜《よ》
発行人…………伊藤嘉彦
発行元…………株式会社　幻冬舎コミックス
〒151-0051　東京都渋谷区千駄ヶ谷4-9-7
TEL 03-5411-6431（編集）
発売元…………株式会社　幻冬舎
〒151-0051　東京都渋谷区千駄ヶ谷4-9-7
TEL 03-5411-6222（営業）
振替00120-8-767643
印刷・製本所…図書印刷株式会社
検印廃止

ISBN4-344-80564-X　C0293
Printed in Japan

幻冬舎コミックスホームページ　http://www.gentosha-comics.net